# 以骨头为师

何 郁 著

上海教育出版社
SHANGHAI EDUCATIONAL
PUBLISHING HOUSE

# 激扬有度，赤诚见我
## ——序何郁先生诗集

顾炎武在《日知录》中说："人之患在好为人序。"好在，我无此患。我有一个"三不"原则：不申报课题，不主动报奖，不给人作序。多年来，除了给自己的学生和个别朋友写过两三篇序，我基本上守住了"不给人作序"的原则。

一天，何郁先生发信息来，说他要出本诗集，希望我给他写个序。我没有犹豫，就应承了下来。为什么要放弃自己的原则，答应下来呢？因为，我对中学语文老师很有感情，而何先生更是我尊敬的中学语文教师；因为，我读他的著作和文章，多有共鸣，获益匪浅；还有一个原因，那就是，我们之间有过直接的交流，虽然次数算不得多，但内心的感受是愉快而美好的。在我的印象里，何先生的身上颇有楚人之风，是一个充满热情和才华的人。

然而，说到诗歌，我还是有些惴惴然。我不会故作矜持，谬称自己不懂诗。一个研究文学的人，如果不爱诗、不懂诗，是说不过去的，其文学研究的有效性也是很令人怀疑的。那么，既然对诗歌略有研究，薄有所知，为什么我还要说自己惴惴然呢？

我的惴惴然是其来有自的，它来自对当代诗歌创作的整体性失望和不满。有的诗人内心并无诗情，只是为了写诗而写诗，于是便獭祭文字，堆砌物象，毫无打动人心的内在力量；有的诗人则不知诗之雅道为何物,嘻嘻哈哈,流情荡志,显示出趣味上的粗鄙和教养上的低下。刘熙载在《艺概》里说:"善古诗必属雅材。俗意、俗字、俗调,苟犯其一,皆古之弃也。"现在的某些诗人,则以伧俗为高雅,以秽亵为优美,津津乐道,全无避忌。这样的诗读多了,便很自然地产生了"敬而远之"的心理。

那么,何郁先生的诗写得如何呢?

陆机在《文赋》里说:"诗缘情而绮靡。"白居易在《与元九书》中说:"诗者,根情,苗言,华声,实义。"一切真正意义上的诗歌,都必以真情实感为表现的内容和创作的动力。何郁先生的诗歌创作,以情为根,缘情而发,绝无"为赋新词强说愁"之嫌。

在何郁先生的诗作里,自然、故乡、人间、土地、生活、语文课和书本,既是他每一辑诗歌的主题词,是他全部诗作的关键词,也是读者进入他的抒情世界的七条线索。

何郁先生热爱大自然。他远眺峡谷和瀑布,倾听春天的声音,聆听秋风的宣言,感受乌云的力量,领会雪花无声的独白,谛思秋树宏大而离披的美。在他的诗行里,人随物婉转,与心徘徊,澄怀味象,显示出对大自然深沉而热情的态度。

在关于故乡的一组诗里,何郁先生表达了自己对故土的眷恋,对亲人的思念,对往事的追怀。节日意味着无尽的思念,他往往选择在春节和清明节等特殊的日子里,抒发他的思乡之情和伤逝之思,显示出朴实而深沉的诗性情感。

何休在《公羊传解诂》中说:"饥者歌其食,劳者歌其事。"写诗这事,与一个人的本业,多多少少是有些关系的。寄身魏阙,诗行里多有皇风与奴气;纵马边塞,诗行里多有奇志与豪气;心怀梵志,诗行里多有慈悲与静气。那么,在教师的诗行里,又会表现出怎样的格调和情志呢?

就其职业本性而言,师者,学为人师,行为世范。他可以是活泼的,但也应该是庄敬的;他有权利表现自己的个性和趣味,但也应该时时考虑到自己的教师身份,考虑到自己的一言一行可能对学生造成的微妙而深刻的影响。在何郁先生的诗行里,我们看见的便是一个良好的教师形象,是一个文质彬彬的抒情者和思考者。在何郁先生的诗集里,尤其是"语文课"一辑中的那些与其本业相关的诗篇,不仅显得独特而有趣,还显示出方正而端直的气质和修养,使人看见了一个中学语文教育专家良好的教养、活跃的诗心和多样的才能。何郁先生用诗歌来记录自己对语文教材所选作品的所感所想,也在这抒情性的表达里,彰显了自己的心性和文化价值观。

因为《登岳阳楼》,他写了《公元 768 年,杜甫在岳阳城》;因为《边城》,他写了《虎耳草》;因为《月夜》,他写了《狱中的杜甫》;因为《兰亭集序》,他写了《永和九年的那一场修禊》;因为《羌村三首》,他写了《回羌村》。读了陶渊明的《饮酒(其五)》,他写了《篱边消息》;读了韩愈的《左迁至蓝关示侄孙湘》,他写了《身前瘴气,身后家山》。听了一节关于《祝福》的语文课,他写了《枝头的春天和鲁镇的鞭炮》;听了毕于阳老师讲《孔乙己》,他写了《一场春雨没法回答这个问题》。庄子的《逍遥游》像一阵"快哉风",吹荡着他想象的风帆,激活了他写诗的热情,于是他便写了一首冲天而飞、气势磅礴的《大鹏鸟》,其中畅述:

那翅膀上诞生的是美
那美喙发出的是歌

那垂天的腿脚踩踏的
是横空出世的诗的灵魂


一杯水泼于堂坳
一片草叶就能像船那样行走
不！不！我们不玩这游戏
一杯水泼于堂坳
一只瓷杯注定了就胶注不动
不！不！我们也不玩这游戏


我们就是飞
往上飞，那里有蓝天
往南飞，那里有鲜花
我们就是飞


2021 年 2 月 23 日，读了《装在套子里的人》，何郁先生颇有感触，写了一首《瞧，这个别里科夫》。在最后两段，他这样写道：

课堂上，学生们讨论说
别里科夫应该是死去了
老师说，我们要换一个角度看问题
别里科夫有没有未来


瞧！话音未落，别里科夫
就走过来了，向我伸出了手掌

这是极精彩的诗性议论和神来之笔。它将小说叙事升华为深刻的理性认知，赋予死去的人物和生活以充盈的现实感和丰沛的鲜活气息。

"语文课"这一辑的最后一首诗是《那一刻我看见先生复活》，它记录了何郁先生听衡杨老师讲《最后一次讲演》的深刻印象和感想，抒发了他自己对闻一多先生的热烈情感：

那是一个乌云密布的上午
没有雷声，没有雨点
整个校园笼罩在一片迷离之中

在离真正的讲台还有一尺距离的地方
三个初中生正模仿着闻一多演讲
她们义正词严，声嘶力竭
她们突然就讲不下去了
她们不仅仅是太激动
她们是被自己的声音吓住了

一个女生突然就哭了出来
老师点评时也几乎要哭出来
我在想，是什么力量
让我们这些老师和学生如此激动
难道七十五年前的如烟往事
真能穿透时空的厚壁，站在课堂上

后来,我上讲台作点评
说着,说着,我突然就讲到了西仓坡
讲到了埋在云南师大的先生的衣冠冢
讲到先生已经很久很久没回浠水了

我就跟老师们说,我就是浠水人
我就是来自闻一多的家乡
突然,我就想哭
就想跟这些素不相识而又如此熟悉的老师说
各位老师,你们知道吗?我想带先生回家

　　如果说"语文课"这一辑中诗歌的灵感主要来自课堂和教科书,那么"书本上有一个天堂"这一辑中的诗歌则主要取材于何郁先生平时的广泛阅读。在这些记录阅读体验的诗篇里,他讨论了苏格拉底、王阳明、霍金、文天祥、涅克拉索夫、陀思妥耶夫斯基、契诃夫和萧红,显示出开阔的阅读视野和成熟的领悟能力,往往能提出有价值的问题,给出有启发性的答案。

　　从抒情方式来看,何郁先生的写作风格属于雨果模式,而不是波德莱尔模式;属于普希金模式,而不是巴尔蒙特模式。他的诗情是明亮的暖色调,他的诗风是热情、坦率的。堆积一个个意义混沌的物象,构造一层层所指不明的象征,这不符合他的诗歌气质和诗学精神。他宁愿让读者强烈地感受到他的情感,准确地领会到他的思想。在《公元768年,杜甫在岳阳城》中,他这样写道:

哭吧,尽情地哭吧
登楼一哭才像一个诗人
一千二百年来,有谁在岳阳楼上大声哭过?
不仅哭自己,还哭回不去的家
哭这片贫瘠的、经常被洞穿的土地

好的诗歌,先要让人读懂。所以,诗人的抒情效果不应该与读者的接受效果相抵牾。一读就懂,但又意味无穷,这样的诗,才是好诗。在我看来,何郁先生的诗就是这样的好诗。不知读者诸君以为然否?

谨序。

李建军[1]
2022 年 10 月 29 日,冠之南冠

---

[1] 李建军,文学博士,中国社会科学院文学研究所研究员,当代文学研究室主任,中国社会科学院研究生院教授、博士生导师。曾在《中国社会科学》《文学评论》《文艺研究》等刊物上发表大量理论及批评文章。有专著及论文集《宁静的丰收——陈忠实论》《小说修辞研究》《文学的态度》等多部。曾获"冯牧文学奖·青年批评家奖"、《文艺争鸣》"优秀论文奖"、《文学自由谈》"重要作者奖"等多种文学奖项。

# 目录

## 辑一 道法自然

## 辑四 土地上的尘烟

## 辑六 语文课

# 辑一

道法自然

# 马岭河峡谷

似狼奔豕突
水,是形形色色的猎人
石头是举起的枪

此刻,朝霞溜进
一座声色犬马的城市
人,被水纷纷抓住
扔在岩石上

山,释放出大大小小的妖魔
每一座山
都列队出征
士气高昂

黄昏了,有鸟
坐在岛屿的门口朗诵
一个诗人走走停停
变成了文盲

中国贵州西南
历史遗落了
一个巨大的键盘

一条自然的走廊
穿过时代剧烈的燃烧
火车,喷着气
由高到低,哒哒地响

2012 年 8 月 14 日　蓬雀居

# 黄果树瀑布

这是北方的一帘幽梦

世界突然垂直下落
仿佛女人站立着
有时汹涌
有时命若悬丝

顶层本来是寂静的
越是低处,越是轰响

水和水还在殊死搏斗
水花满街坠落
破碎的花朵随波逐流

水波下流,人潮上涌
谁又在渡口举起了相机

山谷终于带走了脸孔和背包
只有叶子记住了曾经的拥挤

"生病的孩子哟"
黑脸的石头忽然说
时代的舌头渐渐发黄

2012 年 8 月 20 日　贵州黄果树

# 雪的尖叫

静寂的夜
雪——醒来
穿过无法辨识的雾霾
落满北京城

雪落下来的时候
城市关掉了所有出口
大楼关掉了所有灯火
街道也关掉了干瘦的车辙
人们都躲进童话

雪落在词根上
一个,又一个词根
词根也很干瘦

雪在寻找

一个妈妈禁止儿子在外面打雪仗
一个妈妈禁止女儿在外面堆雪人

两个孩子刚换了一身新衣服
雪很寂寞
像《红楼梦》的结尾那样寂寞

这时，一个声音说
你可以满怀信心地
用雪来款待我
可是，我做不到

策兰①，我做不到！
这不是德国的雪
不是诗人的雪
甚至也不是过去的雪
这是二十一世纪北京的雪

尽管我能听见
春花的脚步
但今夜，我更真实地听见了
雪的尖叫

2013 年 1 月 28 日　蓬雀居

---

① 策兰，指德语诗人保罗·策兰，他曾写过一首《雪的款待》。

# 一把利剑

一把利剑
比钢铁的含义要丰富一些
她是火热的高级阶段

一把利剑站在路口
总会独立出一种光芒
清瘦的身影
又恰似一支毛笔的中锋

一把利剑
把玫瑰护在身后
面对弯腰的草茎,她的态度
是从容的、坚定的
面对风雪,她发出一种交响

在深夜,我分明能感到
一把利剑纯净的温暖
面对清晨的露珠,一把利剑又是
如此低眉和谦逊

这个时代
总是柔弱过多
或缠杂过多
甚至一些鬼影公然拉扯
一把利剑
就如一道剑眉,激扬如初

我对一把利剑敬重已久
但从未向她投注诗意
是时候了
因为,我也渐渐长成一把利剑
与她
并肩站在时代的风口

2015 年 11 月 7 日　蓬雀居

# 写给雪花

用季节中最冷静的表达
天空里最决绝的背跳
释放风的手
拥抱枯枝和梅放

季节没有命名
天空没有命名
你来命名
以象形
以音符
以绽放的胸脯和一年的清唱

你来了,天空之门就打开了
还有泥土之门
牛羊之门
河流之门
花草之门
燕子之门
白云之门

你送给所有有情人
一个冰清玉洁的舞台

其实，我不爱你众声喧哗
我爱你无声的独白
你来了，我就有朋友了
我们在内心里注视良久
直到春天松开

2016 年 1 月 17 日　蓬雀居

# 树叶渐黄,时间的脚步谁也挡不住

女儿从伯克利寄来两张照片,我试着为它们配一首诗。


高的总是高的,比如蓝天
低的就是低的,比如秋草


阳光远隔万里
也能照到你的身上
有明亮为证
有阴影为证


在秋天里
有人匆匆
有人闲闲
只有阳光,肆无忌惮地铺展
如海浪


该来的一定要来
就像热爱
就像思念
就像远处的风……

在加州伯克利

在首都北京

树叶渐黄,时间的脚步谁也挡不住

2016 年 8 月 31 日　蓬雀居

# 一朵花的痴恋

　　某日,一位老师拍摄了一朵花在教学楼后面半壁上绽放的姿态,并将照片命名为"一朵花的痴恋"。


对于一朵花来说
这环境深不可测
也险不可测

悬崖上
一朵花如一枚钉子
它把自己牢牢钉在了
春天的中心

那是盘根错节的悬崖
也是一根老实巴交的树干
许多叶子站得比花高

起风了
花朵似乎跳动了一下

远处是蓝天一角

再远处是连片的光
更远处是一抹晨曦

花朵未必能看得见这些
悬崖上的花朵
我不知它在想些什么

我心中升起一首歌谣
我轻轻地跟花朵握了一下手
我站在花下喃喃自语

一种更深远的气息
突然袭击了我

2017 年 4 月 7 日　蓬雀居

# 致秋风

秋天的朋友圈喜欢

在公路两边的枫林里溜达

秋天的朋友圈也喜欢

手捧一堆柿子

赶赴远山

秋天的朋友圈

总是秋风在前面带路


我喜欢看秋风挥手的样子

那样子颇像一个得胜的将军

我也喜欢看秋风抄手的样子

那样子又极像一个顽皮的孩子

走两百公里

只为吃一口山里的柿子

这是我最欣赏的秋风的宣言

我相信

它一定会成为这个秋天最经典的心灵事件


最终,秋风把一首诗的标题

放在了高大的枫林里

把一首歌的高音

放在了秋草枯黄的马路边

那些黄色的笑脸、红色的笑脸

都争着要做秋风的孩子

秋风啊,让他们一一围拢过来

对他们说

你们都有一个共同的名字,叫:尽染

2017 年 10 月 22 日　蓬雀居

# 她美得像万两黄金

## ——致深秋中的一棵树

当院子里所有的树都掉光了叶子

独有一棵树

美得像万两黄金


她仿佛就是阳光

而阳光是她繁复的叶子

她仿佛就是黑夜

而黑夜是她静默的流光

她仿佛就是蓝天

而蓝天不过是她的风云

她仿佛就是生命

而那些晃动的生命不过是

一些影像


我站在这棵树前

久久无法离开

一种宏大的美

让深秋的色彩有些离披

这棵树让我想起父亲

一生的努力就是让一堆土

有一个升官发财的朝向

这棵树让我想起母亲

从灶门口走失,在池塘口倒下

一件回娘家的衣服绝不能打补丁

这棵树让我想起岳父

一生为别人称命无数

而自己从未超过一百斤

这棵树让我想起哥哥

一生头发凌乱,死去唇髭傲翘

那样子就像路边蓬生的草


这棵树从贫瘠中醒来

在富丽的时光中,颇像一个先知

2017 年 11 月 16 日　蓬雀居

# 今日的天空泛着钢蓝

是谁团起一块大布
越过参差的水泥森林
向天边铺去
一直铺到想象尽头

哦
今日的天空泛着钢蓝

是谁手绘了千万只牛羊
绘上了溪水、青草、栈桥和古道
还有两个小孩的眼睛

一个画家站在红叶高处
喃喃自语
那里恰好有三只鸟飞过
画家说，这就叫肌理画

2017 年 11 月 18 日　蓬雀居

# 春天的声音

春天教我开口说话
生活教我沉默不语

人生多歧路,人生多歧路
谁能跑到尽头恸哭而返

如果不能听见春天的弹唱
我们就常常顾左右而言他

2018 年 3 月 29 日　蓬雀居

# 四月是怎样一个季节

曾经有诗人说
四月是一个残忍的季节
我总是把它当成寓言

然而,今天
我在盲童的眼睛里看见了漫天的炮火
在正义的舌头里看见了激情的辩诈
在古老的文字里看见了时髦的投降

谁能告诉我
四月是怎样一个季节
我又该怀几度沮丧?

叶子,你也不能……

2018 年 4 月 15 日    蓬雀居

# 那场风来了

天气预报说,有一场七级大风
要登陆北京
没有人欢欣奔走
大自然也无意惩罚
风来了,那只是一场大风而已

风过处,山不见低
河不见少
风,掠过树梢,有些叶子落下
它们呀,原本没有风也会落下
有些叶子要经霜后才会凋零

风来了,有些枝条婀娜起舞
有些枝条摇头晃脑
还有些枝条伸进他人窗户
这是些什么意思呢
不知道枝条会不会写文章
会不会开研讨会
我坐在井沿边,猜了一个上午

风来了,有些人闭门不出
有些人顺风滑行
我喜欢逆风而走
北京的风,除了迅疾、整齐
还像刀片
各位,逆风而走是什么意思

风过处,每个人都是一粒种子
山峰依然挺立
河水涌进花朵
可是这跟一场风有什么关系呢

我等待的那一场大雪呢
那场封门的大雪
似乎被风永远阻隔在路上
北京的风,呼啦啦地吹
而那场雪还需要等待

2018 年 9 月 21 日　蓬雀居

# 我看见黑暗中有一棵树

黑暗瞬间就铺满大地
在不远处,我看见一棵树
非常安静
甚至有几分肃穆

这棵树我很熟悉
他就在我的窗外
我曾在人生的几个白昼经过他
春天,他是一篇汉赋
秋天,他被塑成一个杜甫

他似乎很熟悉黑暗
所以什么也不做
安静等待似乎是他唯一的工作

这是下午三点四十三分的北京
白昼如夜
闪电突然赶来
一场连天的雨也匆匆赶到了郊外

我对树说,朋友
我们真的什么也不做吗?
是的,一个诗人在黑暗中说
"站着就是资格"

2020 年 5 月 22 日　蓬雀居

# 云世界与海上日

那是无水的浪,无底的山
是变形的水朵
远远看去,世界似乎是静止的
飞机飞过时,却狠狠地
抖颤

那是有根的云,有形的线
是平铺的蓝天
不用听,也自有一种雷声
压得很低,滚向脚边

这时,东方是灰蓝色的
然后是少女的微笑
然后是巨大的火焰
日头像一架飞机,钻出云层
降落海面

在天上时,天与地遥不可及
在水边时,地与天连成一线

啊,道法自然的神祇啊

又缓慢起飞

升到空中

苍穹照亮,人间温暖


不知不觉,我已泪水满面

一种毫无声息的安静

穿过心灵,抵达昨夜的梦境

海边有许许多多的追梦人

我也是其中一员

2020 年 8 月 3 日　　厦门

# 铁石上的树

这是海边的一块大铁石
走近看,若一个小山
铁石上有一棵树,不,是三棵
一棵在顶上,两棵在半壁

我知道两棵树是有交谈的
他们手挽着手,枝叶交错
顶上的那一棵跟谁交谈呢
或许只有兀自独立

我绕着树走了三圈
没发现裸露在外面的根
啊,他们一定是扎得很深

有时候
雨水在叶面上窃窃私语
阳光在枝杈间跳动致意
有时候
枝叶安静时,有点像夫子的喟然之叹

枝叶摇动时,又好像阮籍的穷途哭返

在一块铁石上生根
没有一片枝叶是优美的
他们长成岁月的各种模样
海边的风,在他们身上刻出
教育的种种痕迹

啊,今早,我与三棵树相遇
几乎有些激动
但我忽然注意到他们的颜色
树叶长成了铁石,铁石长成了树叶
一样深浅
一样光亮
一样墨绿

2020 年 8 月 5 日　厦门

# 我能感受到乌云的力量

## ——山中记事

那一日,是个下午
大概是两三点钟的光景
我正在窗前看一本无聊的书

突然天就黑了,滚滚的雷声
穿过窗玻璃的震颤
书页在轻微地抖动

那一刻,我能感受到乌云的力量
他们一定是遮天蔽日
山间已然是一个黑暗的深渊

没有人说话
人们都屏息,仿佛在等待着什么
眨眼工夫,真的是眨眼工夫
窗外陡峭的绝壁上,瀑布喧腾
洪流倾泻而下

我脱口叫了一声:好大的雨!
人们也都起身
屋子里又有了欢声笑语

雨什么时候停的
没有人知道
乌云什么时候散去的
也没有人知道
山间重见光明
刚才号啕大哭的大地的脸庞
此刻伤痕累累

远方的虫子又叫了
仿佛一切都没发生
我又翻开了无聊的书本

2021 年 8 月 7 日　蓬雀居

# 辑二

## 回乡的路越走越长

# 翻开家乡这一页的时候

翻开家乡这一页的时候,

北方所有的树木都流泪了。


一个小男孩,一只蜻蜓,黑色的瓦片。

蜻蜓背部着地。

被剪掉翅膀的蜻蜓,你还想怎样折腾?

阳光毒辣,大地摇晃。

小男孩的母亲走来了。

母亲把蜻蜓放在芭茅的根部,那里有一片阴凉。

母亲骂:你个作孽的,蜻蜓惹着你哪根筋了?

小男孩哭哭啼啼。

毒阳下,那个瓦片,闪着白白的光。


一个小男孩,用瓦片击打水面,砰,砰,砰。

水声传过荷塘,仿佛咳嗽。

啊,好一片野池塘!

塘面上,野葫芦相缠,青蛙跳来跳去。

落霞与孤鹜齐飞,秋水共稻田一色。

这时,几条鱼儿惊悚地跃出水面。

小男孩在水里举起船桨一样的手臂。

岸上芭蕾盛开。

许多小手按住跃到岸上的鱼儿,龇牙咧嘴。

而远处队长的眼睛,像绿宝石,发出光。


翻开家乡这一页的时候,

北方所有的树木都流泪了。


漆黑的夜晚,小男孩打着手电筒,走在田埂上。

他双手窝嘴,发出呜呜的响声。

你听,安静的水面上,有甲鱼吸水的声音。

再仔细看,甲鱼的头一上一下,多么像游泳!

月色清明,田野阒寂,乡村沉睡。

银钩一步步沉下去,甲鱼一点点浮上来。

小男孩啊小男孩,他甚至都忘记了收钩。

高高的月亮看着这一切。

远处的狗吠起来,像一声声童谣。


小男孩在人群中穿来穿去。这里正放着露天电影。

电影机在大队部广场中央,昂着头,咿咿呀呀。

抽烟的,嗑瓜子的,骂娘的,说笑的,起身小解的……

小男孩在人群中穿来穿去。

这是乡村中一处临时搭建的舞台。

小男孩趴在土台边,脸上土坷垃星星点点。

有相好的青年男女,手拉手走出了人群。

小男孩捡起瓦片。看! 瓦片准确地击中脑袋。

哎呀,电影咿咿呀呀;哎呀,生活也咿咿呀呀。


翻开家乡这一页的时候,

北方所有的树木都流泪了。


太阳还红着屁股,小男孩就上山了。驮着竹床。

他要占据稻场上最中心的位置。

小男孩摇摇晃晃,一担水桶也摇摇晃晃。

水泼了一层,又一层。

"我说,黑皮呀,这样泼水,么样走路呢?"

"一会儿就干了",嘿,还真的。

这就是夏天,这就是鄂东南的夏天。

看啦,稻场上,竹床挨着竹床。

听啦,稻田里,蛙声赶着蛙声。

满天的星斗,高远如灯。

小男孩双手撑住下巴,听大人讲古。

这下,你知道了吧? 小男孩被说书人团团地围在手中。


雪一层层盖下来,池塘全冻透了。

小男孩走在冰上,一点点,接近中央。

屋檐上的冰凌奇形怪状,一律透明。

小男孩用小竹棍敲打冰凌。哈哈,谁家的屋檐又掉瓦了?

雪人堆在门口,仿佛哨兵。

一个小男孩,许多小男孩;一个小女孩,许多小女孩。

手冻破了,脚冻破了,土都冻破了。

小男孩、小女孩把书包抛起来,把发卡抛起来。

奇异的花朵盛开在天空。

谁能让枯树开满鲜花?

谁能让鲜花永不凋落?


翻开家乡这一页的时候,

北方所有的树木都流泪了。

啊,我,远方的异人。

眼睛如灯,望着满城的灯火。

2013 年 5 月 4 日　蓬雀居

# 在雪地里思念祖国

2013 年 12 月 8—10 日在芬兰坦佩雷大学访学考察。


那是遥远的东方

那天东方的天上有一抹红

那天我在芬兰

在坦佩雷

那是我

三天里见到的唯一一抹红


我走在深深的车辙里

芬兰的车辙宽大而厚实

雪花纷纷下坠

而我的体温却在缓缓上升


那天,我在雪地里思念祖国

那天,我的祖国一大一小

大的是我爱人,小的是我女儿

那天,东方的天空中有一抹红


坦佩雷,坦佩雷大学

芬兰西南部的一座小城
雪是它纯正的故乡
人们在雪地里建造房屋
而此刻,一抹红正横斜在我的东方

坦佩雷,坦佩雷大学是水晶的
透过雪的天空
我一眼望见东方
我的心跟着一抹红
一直走,一直走
直到东方

啊,坦佩雷,坦佩雷大学
今夜我横斜在你的怀里
思念满怀,久久不能入睡
而我的祖国,此刻也应该大雪纷飞

2014 年 2 月 27 日　蓬雀居

# 今日

老家的朋友问
你住在北京什么地方？

我说
我的人生卡在
二环和三环之间
往里走
貌似朝圣
往外走
貌似回乡

说完这句话
泪水已在岁月的褶皱里聚集
手机铃声又在衣袋里振响

2016 年 2 月 2 日（农历腊月二十四） 蓬雀居

# 一把菜薹历经千山万水

一场黄色的雪之后
一把菜薹就出发了
草子花①依然淡定
柳条②偶尔抚过池塘
雨咿咿呀呀
村头的目光啊,洇湿了又洇湿

眺望依然是乡村的故事
一把菜薹历经千山万水
光芒涌入城市

它锋芒收敛
叶片低垂
它腰杆渐趋弯软

让我们回想一下菜薹历经的山河吧
河两岸,野草疯长

---

① 草子花,学名紫云英。
② 柳条,别名绿丝绦。

山顶上,野草疯长

河水干涸

土地荒凉

我看见,祭祖的人

步伐趔趄,他点火烧着了整个春天


菜薹是和糍粑、腊肉、香油

一起进城的

它们享受到了最高礼遇

一起被放入知己的盘中

在那里

我再一次看见故乡的山河

——阳光恣意,春风骀荡

我也看见眼前,菜薹叶片低垂


一把菜薹必须历经千山万水

只有这样

它才能压弯一个逆子的心头


2016 年 3 月 24 日　蓬雀居

# 大年三十去给父亲拜年

那天太阳很大
照在身上有点像春天
我,老婆,嫂子,兄弟
侄女婿和外甥
一起去给父亲拜年

在坐北朝南的一个山坡上
一并睡着我们何家十个人
男的多,女的少
最大的刚过七十,最小的才四十二

嫂子说,忘了带镰刀
野草和荆棘封住了所有道路
父亲在那边,我在这边
仿佛隔着两个世界

老婆说,你要跟父亲禀告
告诉他,我们来看他
我什么也没说,不知道怎样说
我只是默默地跪在坟前烧纸钱

那天,风很大
风常常把烧着的纸钱吹起来
打着旋,飞过头顶
我赶紧去扑灭
漫山遍野都是枯死的野草和荆棘

那天,纸钱烧得很旺
我们一边烧,一边说着从前
嫂子的手突然被火灰烫了一下
兄弟说,你看艳哥怪你了
说你不经常来看他

我们说说笑笑
上香,放鞭,磕头
然后下山
每一年都这样,每一次都这样
仿佛是举行一个仪式
也仿佛是例行一件公事

2017 年 1 月 28 日　细屋基

# 今天,清明节

(一)

我总觉得清明节
我会变成两个我
一个匆匆赶回老家
一个在风中飘荡

(二)

父亲,今天突然特别想您
想您从食堂
带回一个馒头的情景
我感觉
您带走了全部热爱
留下我在人世间慢慢还债

(三)

母亲,我总想象着
您是坐在灶门口走的
其实您是倒在水塘边的
那灶门口的一堆火焰
那灰烬里的余光

如今在哪儿活着

（四）

岳父，我看见您转过屋角
看见您走出校门
看见您翻过山头
一生急匆匆的脚步
还有那满畈的炊烟
却从未填满您瘦弱的身形

（五）

哥哥，请原谅
我记得最深刻的一次
居然是一次打麻将
你帮我赢回了一个月的口粮
还有就是你临走时
唇上没有刮尽的胡须

（六）

天气预报说今夜有雨
今夜就算没雨
那生命中最痛的雨
也会溅满我空洞的阳台

2017 年 4 月 4 日　蓬雀居

# 父亲

我相信有些词是有硬度的
比如父亲

我相信有些词是有软度的
比如父亲的泪水

我相信有些词不可能被死亡带走
比如父亲的肩膀

我相信有些词一经触碰便如铁钎锥心
比如阴阳两隔

面无表情的时间
面无表情地带走了一切
包括我心中那一片褐色的土地

父亲，岁月在我额上刻下你的岁月
岁月在我背上刻上你的背影

今天，我坐在教室后面听课时
想起你
想起你插秧时一直低着的头
想起你留在欠条上扭动的手指
想起你坟头拔不完的荆棘

今天外面38摄氏度
北京城，高温黄色预警
你知道黄色预警吗？
你不知道
你只知道要把这一块田耙完回家

父亲，我透过外面丛密的树叶
透过高远的那一片蓝天
看到一只蝼蛄用力飞过
它飞过那一片火热的荒凉
停落在长安街头

2017年6月16日　蓬雀居

# 上坟

爱人在一旁不停地提醒我
要我跟父亲说,说我们来看他了
我说不出
一个男人在这种场合说很多话
会不会很滑稽?

父亲是个沉默的人
如今,他面对一村炊烟
一畈荒田
一条干涸的河
会不会很无聊?
但父亲很安静

父亲身后那座小学
瓦房变成了楼房
曾经的读书声而今岑寂
一群群背影变成了三三两两
我分明看见一只童年的风筝
正挣扎着起飞

飞过时代,飞过山坳

其实我内心是有一条河流的
今天,姨妹和连襟一同陪我们上山
且一同跪了下去
你是不是感到了一丝震颤?

今天
远方,雾霾锁住了青山
但故乡的路是分明的
上山的路也是分明的
鞭炮声清脆得如同春天的泉水
父亲,你怎能睡得如此安稳?

今天,看坟前的纸钱渐成云烟
看坟前的荒草连到天外
我要保持沉默
就如同你喜欢抱着头,坐在门口
我知道,那一定不是思想者
那就是老年的我

2018 年 2 月 14 日写,3 月 8 日改　蓬雀居

# 正月初二登高纪实

那天
整个天空一片灰蒙

往上走的时候
看不见上方

回头看的时候
看不清河流和山坳

山上满是荆棘
毛刺虽然小,但扎进肉
一阵阵的疼
深入内心

渴极了
问几个陌生人要水喝
(说好了用钱买)
可人家拿出一大瓶可乐
还递给我们几个纸杯

说,要什么钱啊

一会儿我们就下山了

终于爬到山顶

山顶上只有一座废弃的楼房

据说以前是一个电视转播台

回首看看山下

远处的村庄,近处的村庄

都在沉默里升起炊烟

我的家乡正月初二

有登高望远的习俗

可今天,我们登上山顶

却不能望见远方

一种深埋的痛告诉我

有些话永远无法说出口

2018 年 2 月 17 日写于细屋基,3 月 12 日改于蓬雀居

# 四月四日北京突降大雪

这是一场清明的雪
它以漫天泼洒的方式
先于我抵达亲人的坟头

2018 年 4 月 4 日　写于 G73 次高铁上

# 母亲节

母亲节这天下午
我躲在北京城某个地方
翻看手机

在 2673 张照片中
竟没有一张是母亲的
其中,相机照片 1510 张,微信照片 1073 张
截屏照片 61 张,微博照片 14 张
其他相册照片 15 张
没有母亲的,连一张合影都没有

母亲,在没有你的音容笑貌的 36 年里
我的人生来历是不是有些不明
我 55 岁的人生是不是有些轻
我算不算一个逆子

母亲节……

2018 年 5 月 13 日　蓬雀居

# 满街的花草我不想叫出名字

有一天
镣铐突然绷断
无数的翅膀带我飞

终于脱离冬天的缩手缩脚了!
向着温热的南方
一种久违的风,在我的衬衫里
来回激荡

我翻开一本不适宜阅读的书
纵横恣肆
画线,写字,留下许许多多的笑脸
那一刻,多么自由啊

姑娘,站在某个位置的姑娘
脸上挂着神秘的微笑
问我是不是想要一张白纸
问我一张白纸够不够
没有比蓝天更大的稿纸了,姑娘

真好,一直往南飞
穿过神秘的黑夜,随心所欲
大海在黎明中醒来
咖啡在懒散的空气中醒来
满街的花草我不想叫出名字
一种灯,又一种灯
辨认着我的脸庞

呵,真好,久违的风
让我握紧你的枝条
让我握紧时间的利剑
让我握紧自由的缰绳

出发,就是回家
在一种久违的沉闷里,待得太久了
我要学习从黎明出发
且把冬天搁在身后
把春天搁在眼前

是的,从这一天起
镣铐突然绷断
干涩的眼睛,突然变成海洋

2019 年 1 月 26 日　写于 CZ3194 航班上

# 过除夕

小时候过年
总十分留意谁家放的鞭炮长,谁家放的鞭炮短
父亲总是摸着我的头说
我们明年一定放个最长的
结果,第二年我听完全村的鞭炮
还是觉得我家的短

后来我买得起长鞭炮了
父亲已经不在了
后来我放得起长鞭炮了
城里又禁放了

再后来,我每年都买最长最长的鞭炮
都是万字头
在父亲、母亲、伯父、叔叔和哥哥的坟前
肆意地一路放过去
鞭炮声几乎传到天上

我却一句话也说不出来

2019 年 2 月 4 日(除夕夜)　细屋基

# 破五

早上六点就起床

黄州街上冷雨凄迷

吃早餐

赶高铁

列车以每小时 303 公里的速度前进

穿过河南,大地被白雪覆盖

穿过河北,一行人被斜阳照亮

终于到家了,我要去燕丰买饺子

妻子说,吃什么饺子,南方人又不兴破五

于是我们每个人吃一碗油面

外加两个荷包蛋

居然也很熨帖

2019 年 2 月 9 日　蓬雀居

# 水手与船长

我多么希望自己是一名船长

驾着一艘自己建造的船

驶向海中心

就像一层一层的水朵

一次次远离贫瘠的故乡


但我好像永远是一名水手

最多也就是一滴水

借助阳光铺就的线道

升为云朵

啊,我看见了

海中心,有一艘船

海水簇拥,海鸟绕飞

天空为之倾耳


一次次我被带离码头

一次次我从天空落下

那艘大船还没造好

眼看着黄昏匆匆赶来

一场更急的雨也抽响了闪电
而亲切的岸突然沉默下来

时间已然走过半圈
礁石凝重,树木高耸
我想重新出发,哪怕就一次
我想招募水手,哪怕就一人
最后在风雨中,哪怕只剩下一块木片
那么,就一苇渡航

2020 年 8 月 4 日　厦门

# 我看见那个孩子了

雨水穿过天空就迷路了

走在窗玻璃上,就完全是一群困兽

他们忘记了所为何来,去往何方

他们习惯了云朵的舞蹈和春风的歌唱

突然,他们就跌落了,在玻璃上

纵横游荡


今夜,北京城第一场春雨,裹着雪

扑向生活

这算不算倒春寒呢

似乎空气中弥漫着一种水汽的温暖

有些人就忘记了一年四季

有些人就忘记了云蒸霞蔚

不见落叶,那些腐朽的东西已被冬天带走

不见春芽,新的生命正急慌慌地走在路上


你有过迷失吗? 老男孩

迷失在人海里,茫茫人海里

今夜,我在烟火气里找回了耳朵

我看到那个孩子了

他惊恐地跑回家

那是你吗？是我吗？老男孩

跟着一场春雨吧，跟着他

从高处走到低处，走回故乡

2021 年 2 月 28 日　蓬雀居

# 看汽车像犁铧一样驶向故乡

那是四月末的一个夜晚
一家人坐在一个铁壳子里
黑夜裂开,汽车像一把犁铧
驶出北京

光明在前,在前方 1100 公里处
有我的故乡

必须听一首歌,才能挣脱这牛奶一样的困意
听谁呢? 听云朵唱云朵
听一听,就看见那苍凉的目光
像故乡的一根衣带
飘荡在前方

汽车,你慢慢剪吧,剪开黑暗,剪开困意
剪开春意阑珊的风
剪开迅速闪过的另一把
犁铧
今夜,有多少犁铧在路上

那疾走擦擦有声的高速路
那一口北方的水浸泡南方树叶的浓茶
又怎能剪得断

云朵啊,今夜为什么一定要听你
听你,就像听一片云朵
听你,就像听一把犁铧

已经凌晨五点了
东方渐渐出现鱼肚白
我的思绪却飘回到二十年前
那一年,我也像一把犁铧
驶出了家乡

2021 年 5 月 9 日　蓬雀居

# 风凉了,我想去柿子树上看看

小时候,看见谁家挂红灯笼

我就远远地看,只敢远远地看

我能看到一种神秘在灯笼上缭绕


我家从来没有挂过红灯笼

到现在,我仍然只能远远地看

后来,我就在苏童的小说里看

在张艺谋的电影里看


风凉了,我感觉灯笼都挂在柿子树上

我想去柿子树上看看

看看这个神秘的国度


我看到有星星从树叶间漏下来

我身上落满了梦点

我也看见有些叶子长得理直气壮

我看了看自己,正中间仿佛裂开一条缝

我知道,那一定是我的驿道

向上看,透过密密匝匝的阴影

我能看见太阳,真像一颗颗柿子啊

饱满,鲜亮,已然有一些温度

我举起枝杈,甚至不惜弯曲


我抚摸着一颗颗柿子

跟他说

要仰望多少次,才能拥有一个灯笼

要仰望多少次,才能成为一颗柿子


我知道,肉身沉重

有些理想已经像变色的叶子

我拿手指敲打着柿子

他发出一种成熟的声音

我贴着耳朵仔细听,看看像不像我送出的祝福

2021 年 10 月 19 日　蓬雀居

# 飞机飞过宗安河

这是一条不起眼的河流
地图上看不见它
极有可能没有统一的名字
现在甚至无水
一点点碎水,像渴睡人的眼
散落在风尘里

透过舷窗,我似乎能看见
一个十三岁的少年
正横过满岸的河水,河水浑黄
少年要游到南岸,他要去看一场电影

我也看见,秋天的河滩上
有几头老水牛,正悠闲地散步
那个十三岁的少年,倒骑在牛背上
那些浅浅的芦苇草啊
一会儿倒向东,一会儿倒向西
像一些任性的孩子

我还看见,黎明的河堤上

走着父子俩,父亲的背很有些驼了

那个少年正背着一袋米,走在前面

那样子颇有几分孤勇

黎明的露水多么亮啊

转眼间就在头上结成了霜


其实,在飞机上是看不见这些的

祖国的地貌多么辽阔

飞机徜徉在云层之上


我所见的是一个天上的世界

白云翻滚着调皮的波浪

一会儿堆起一座山

一会儿又拉开一条河

我知道,我脚下正有我熟悉的村庄


此刻,一个年近六十的少年

正紧紧盯着飞机的舷窗

2021 年 10 月 28 日　蓬雀居

# 辑三

人间为什么值得

# 情人节

虽千万人同往
今夜,我抵达的路却仅此一条
因此,你不能责怪我没有栽种玫瑰
也不能责怪我让远方的石头保持沉默

今夜,我要像少年那样奔跑一次
我要打马去草籽田,去篱笆林
我要让身后的田野徐徐展开
月光里,我要为你洗一次脚
我要在岁月深处,与你五指相扣

二十年风霜雨雪,我们让星星做梦
炊烟一缕又一缕升起
拜你所赐,我们一直看淡王国
因此,我们从容地看树叶升起

我们为春草流泪
为孩子唱歌
我们一直保持着忧伤的能力

感谢秋天,让我在秋天里遇见你
遇见我一生的美好
在时光里我们懂得爱
你是我骨头里的老师

你大气如阳光,雪花,覆盖
你细腻如春花,冬笋,绽开
今夜,我要为你建一个国
我要对你臣拜
我要让风刮很久很久
我要让全世界都听不见我们的言语

有人说,唯有悲伤不会撒谎
是的,爱人,今夜
面对明天的来临,我竟然有些悲伤

2016 年 2 月 13 日　蓬雀居

# 有感于老岳母补袜子

那一天,远方雷声阵阵
老岳母听不见
她耳朵有点背

她一个人在家
我有点不放心
我得找点轻松的活计给她干干

我翻出许多破袜子
老岳母居然轻车熟路地找到针线
她坐在靠窗子的地方
缝补起来
那样子,像极了一个备课的教授

我跟她说,我就喜欢穿补过的袜子
厚实,不滑溜
因为脚总往前跑
前面补厚实,穿着就踏实了
她说,是啊,现在的袜子不经穿

穿了两次就出鸡①了
补过的袜子拿在手上实诚


她说,四年前,我就这样补袜子
那时,我和你老爸一起来的
两年前,小家伙高考时我也补过袜子
那时,你老爸已经走了两年
老岳母说着,就捶一捶左腿
那里面有摔折后安上的钢筋
老岳母一直没走出
岳父去世的阴影
他们从未说过一个"爱"字


我悄悄地拍下这一镜头
发到朋友圈
老岳母不知道
我坐在远方奔驰的列车上
心里一直默念着
老妈
您就是我的亲生母亲


2016 年 6 月 23 日　蓬雀居

---

① 出鸡,湖北黄冈方言,戏称袜子被脚指头顶破,露出脚指头。

# 水草吟

——致黑夜诗人王旭明

你站在夜之中央
是在等待什么？
圆领的紧身的宝蓝衬衣
与夜色融为一体

远处那一朵桃花
已经开败
更远处那一朵
还从未开放

你一次次为黑夜歌唱
又是在等待什么？
那一支新闻人的话筒
已渐起毛边

远处的叶子
逆流而上
更远处的叶子
顺流而下

你站在黑夜里
是在等待这些吗？
大地静默
话筒在远处也静默
宝蓝衬衣被风吹得空空荡荡

夜色四合
诗人啊
有灯盏的那一边是哪一边？
站在夜色中的人
是不是就是夜之子、诗之子和灯之子

你为什么哭泣？
又为什么哭泣着欢歌？

我不是黑夜
我也不是桃花与叶子
我不能给你安慰
我是一棵未命名的水草
常常在黑夜里
悄悄靠近河岸

2017 年 8 月 4 日　蓬雀居

# 写于妻子买衣服归来

你一走进来
我就感觉春风
在你脚上生根
接着,在衣服上,袖口上,衣领上
甚至一个窄窄的腰带上
都绽放出鹅黄

啊,春天来了

一件件衣服
裹挟着一个个春天的故事
涌入家门
呵,还附带有小故事呢
春风说……
春雨说……
春叶说……
春花说……
一树春天说……

我奇怪你的衣服里
怎么藏着那么多故事
就像你奇怪我的诗行里
怎么总有泪水暗流

好吧,且把一件衣服摊开
就像阅读一本书
把一件衣服挂上
就像欣赏一幅书法
我静静地把你的包举起
就像仰头举起一个酒杯

拥有一个女人
就拥有永恒的春天
你感觉到春意了吗?

2018 年 3 月 24 日　蓬雀居

# 九月十六日的日常

当树叶布满整个天空
而大雪还没有到来时
我无法写诗

吃早餐时
两个花卷，一块钱一个
有一面烤得焦黄香脆
在一碗小米粥的伴奏下
妻子吃得很香甜
我无法写诗

这一天下午
我去参加已故的陈超先生的
新书发布会
看到陈超先生在朗诵
听到陈超先生吟出这样一句
"诗篇过处，万籁都是悲响"
我无法写诗

这一晚,北方的风是干的
是小的,是一只手的温度
而南方的风是湿的
是大的,是一只铁爪子的蹂躏
看着"山竹"两个字啊
我无法写诗

我在等待着那场大雪
那场封门的大雪
我们在外面走得太久了
当一支烛光在屋子里亮起
当一种光能照亮另一种光
我,还是无法写诗

2018 年 9 月 20 日　蓬雀居

# 秋深，王的预言

王说，秋深了，你必有一堂课
必有斯嘉丽
走出教室，必有蓝天
嗯，果然！

王说，你必须去地下书店
在那里必遇你的老师
嗯，果然！
在地下室，我入手一本《唐诗论集》
作者是桂子山①的马承五老师

王说，你走出书店
必有一场微雨
你必穿雨而行
夜晚狂风必卷雨来到窗前
嗯，果然！

这个周末的秋深啊

① 桂子山，华中师范大学所在地。

雨敲打窗扉

你所说的王是哪个王？

哦,难道你不知道吗?

我所说的王就是那个王啊……

2018 年 9 月 28 日 蓬雀居

# 翠湖的海鸥与自洽的兰生<sup>①</sup>

翠湖的海鸥有一种被豢养的自由
也健硕,也奋飞,也能高至云空
翠湖的海鸥还柔婉可爱
能立于栏杆之顶让你赏,让你拍照
能从你手中不设防地啄食

这真是人间好景致!
兰生于是买食,于是投食于高空
于是海鸥啄食于手掌心
于是拍照,小蓝袄格外轻快
同远方的天空辉映成同一蓝色

当又一群海鸥飒飒飞起时
当一只海鸥又独立于栏杆之顶时
翠湖的人就越聚越多
翠湖的人其实每天都这样多
我们的兰生就转身走开

---

① 兰生,好朋友老兰的简称。

他要去寻找生活的小蓝袄

那件同天边的蓝色辉映成同一色调的

小蓝袄啊

2018 年 12 月 14 日　昆明翠湖

# 天色微明

我知道太阳正从远处努力赶来

云层里已经露出孩童的脚掌

早晨的风真像母亲的手啊


在朦胧的路面上,我看见

一只虫子正努力爬上一块石头

那石头对于它来说,应该就是一座山吧


身后有叶子轻微地擦响

树干很安静,不远处的窗户很安静

有一只灯盏刚熄灭了光芒

大地仿佛在等着什么


我知道,此时此刻我远处的家乡

有亲人刚从病床上坐起,正捶打腰部

有亲人已经走上了野草萋萋的田埂

在深绿的海水的彼岸,还有我最亲的亲人

或许刚吞下一口饭

又急急打开了电脑

年近六十，我所在意的就是这些日常
想起这些，我几乎泪流满面

2020 年 6 月 7 日　蓬雀居

# 快递小哥小郭

小郭就是经常给我们送快递的

平时,我们就是这样说话的:
小郭,有一个快递发往黄冈,来拿一下
小郭,今天又有一个快递要发,北京的
直到庚子年春节
小郭说,他不敢回山西老家过年

他说,他已经生了两个女儿,可
老爸老妈还要他生一个儿子

我抬眼看了看这个沉默寡言的人
从前魁梧的身材,如今有些佝偻
突然,小郭以一个悲剧人物的形象
闯进了我的创作

2020 年 7 月 10 日　蓬雀居

# 爷,我的父亲

这个字就是一个土疙瘩
它根本就是乡下的一块泥巴
他种不了草,种不了花,更种不了月光
这块土疙瘩有时候硬得像顽石
内心里却常常溃散成一床河沙

我的爷,几十年里
我活在你这个土疙瘩称谓里
除了小时候不懂事,敢大声叫出来
几十年里,我与人交流,我写文章
我都说,我称呼你叫爸爸

小时候,我羡慕隔壁的哥哥
他能叫父亲一声伯
可我要叫你爷
爷啊,为什么这是一个父亲的称谓
你能不能给我一个文明的回答

今天,我听谭维维的一首歌

那首歌穿天而来,携带着莽莽河川
在我的灵魂里奔跑、碾压
我的泪水,就像你常常溃散的河床
汪洋恣肆,决堤开闸

爷啊,我的父亲
我的土疙瘩父亲,你不识字
却教会了我认识世界
你没念书,却教会了我学习独立
你应该知道,在我们乡下,有一种人
站着死,竖着埋
这不就是一个爷吗？我的父亲

今天,我要写这首诗,检讨自己
并敬献于你去世三十四年的灵前

2021 年 6 月 6 日　蓬雀居

# 山中记事

2021 年 7 月 17—23 日,同爱人姊妹四家陪岳母在鄂东英山县吴家山小住,共计五天,所见所闻,记录如下。

（一）

山中的时间同树木同云朵

每一寸光阴都自有刻痕

早上陪岳母看日出

晚饭后陪岳母看日落

（二）

有时候,半靠在床上

就能听见屋后青草吸水的声音

许多石头和野花都在说话

雷阵雨几乎每天都要莅临一次

看看门前,那清澈的山溪日夜流个不停

（三）

山下的日头仿佛大些

或许是离人间近一些吧

山顶的日头却好像有点小

还仿佛总有点含羞

可山腰的雾气却很有些恣肆


（四）


有人说，在草地里看见了蛇

很遗憾，我一直走的是柏油路

有时候，是一只蚂蚁

也有时候，是一只叫不上名字的虫子

同我并排散步


（五）


岳母说，明天过生日不要拍照

我们都齐声问，为什么

第二天，谜底揭晓

祝寿时，大家都看见了

岳母被岁月偷走了几颗门牙


（六）


有一天，我们无意中撞见了一棵合欢树

我们都想起了史铁生

我们都拍了照片,然后大家默默地走路

只有岳母一个人在说话

蓝色的天空慢慢变暗,变成晚光

2021 年 7 月 25 日　蓬雀居

# 在殡仪馆看见舅妈时

在殡仪馆看见舅妈时
我才知道,舅妈名叫吴文英
跟宋代一个词人同名

当工作人员表情很痛苦地念悼词时
我才知道,舅妈今年八十二岁
表弟说,虚岁八十二

因为龅牙,舅妈平时有几分笑容的嘴
算是勉强合上了,她显得有几分慈祥
舅妈平静的样子像是很满足
这可能是她穿得最体面的一次,像是唐装
又像是民国风,对襟的扣子扣得很整齐

舅妈平静地听着人们讲她的生平
她是顺义人,那时候顺义是农村
她被亲生母亲送给亲戚抚养
舅舅抗美援朝回来
必须有对象才能留京安排

于是找了舅妈
于是北京城多了两个锅炉工

其实这些故事我早就知道
为什么只有今天听起来才感到格外亲切
舅妈啊,我们在您身边放了一束又一束鲜花
这些都是您平时不太可能拥有的美好

灵车终于远去了,天格外蓝
我们坐车回家,我紧紧地攥住舅舅的手
头顶上的天空有一小片云朵,轻轻飘荡
我静静地仰望着
不知道那是不是舅妈的灵魂

2021 年 9 月 11 日　蓬雀居

# 今夜, 这一场秋雨颇有些峻急

一声炸雷过后
一帘雨幕就挂在了窗前
哗哗啦啦, 噼噼啪啪, 唰唰唰

窗前的人声何其软弱
被雨水裹着的声音, 像鸟儿的嘶哑的喉咙
好大的雨! 爱人半靠在床上, 突然说

不知为什么, 我想起了天宝十三载的那一场雨
也是秋天, 整整下了六十天
百草枯死, 而阶前的决明却灿烂着黄花
老杜仿佛从决明身上看见了自己
临风三嗅, 泣不成声

我又想起了公元1281年的老北京的那一场雨
夏季, 酷热, 元大都的牢房里, 水漫腰身
死老鼠在牢房里纵横漂荡
文天祥看着这些无家可归的东西
默默无语, 面色宁静

我还想起了远在家乡的老岳母

已经一周没有起床了

已经一周没有怎么进食了

已经一周没有跟我们说话了

而她的窗前,此时此刻,就挂着一帘雨幕


今夜,这一场秋雨颇有些峻急

我望了望妻子,妻子也看了看我

不知道这场雨何时才能停歇

2021 年 9 月 11 日　蓬雀居

# 细雨蒙蒙中,我去看望舅舅

那天,细雨蒙蒙,我去看望舅舅
从东三环到西三环
秋,有些凉了,我穿了一件外套
可内里有些沤热,一会儿就汗透了

我走进门,放下东西
感觉舅舅一直站在房子中间,看着我
说,你看我穿了多少
我看舅舅穿了一件衬衣,一个毛背心
外面还罩了一件外套

我摸了摸舅舅的这些衣服
感觉泪水要涌出来
我说,舅舅,我点了很多菜
跟上次一样,有姑妈猪手,三杯鸡,蜂蜜莲藕……
都是你爱吃的
中午我们两个好好吃一顿

舅舅搓着手说,我这两天睡眠不好

晚上老是睡不着
不就是我前天刚给表弟打完电话么
我亲爱的舅舅啊

菜终于来了！我一一往外拿
舅舅颤颤巍巍地出去了
等我把菜摆满一桌子
舅舅端进来一大碗牛肉炖萝卜
舅舅说，这不是你爱吃的吗？
我早上一起来，就炖上了

这饭没法吃了！
我赶紧跑去厨房，生怕舅舅看见我决堤的眼眶

这就是我八十五岁的舅舅
在舅妈走后一个月的时间里的一个瞬间
那一天，我从秋天的蒙蒙细雨中穿过
从东三环到西三环，去看望他

2021 年 9 月 29 日　蓬雀居

# 莫名的忧伤

有些忧伤,就像风,无法命名

就像水,无法绘形


比如,那天听一个老师讲《背影》

我分明在教室里看见那个车站

那个月台,那几个橘子,那个努力攀爬的背影

我眼睛里含着泪,却不敢流下来


我想起了我的父亲

在他四十多岁时

我突然辍学了,我要学杰克·伦敦

我要去码头体验生活

父亲驮着一个锄头,赶了我近一里地

我时不时回头对他说,来啊,赶啊

怎么跑不动了

父亲突然蹲下去,抱着锄头

一边喘气,一边大哭

那样子真像一个农民

父亲,转眼,我也年近六十

还比如,我那天听降央卓玛
听她唱《父亲的草原母亲的河》
我分明在手机里看见了那条河
那片草地,那片天空,那些羊群
天空何其辽阔
可为什么我想起了我的家乡
想起了家乡的那条河

如今,因为疫情,我有多久没有回去了
我父亲的山,我母亲的山,一东一西
虽然近在咫尺,却遥不可及
当初是谁做的决定,要让我的父母
永远分离

今夜,又起风了
或许还有雨,那些莫名的忧伤
丝丝缕缕钻进来,钻进我的眼睛,钻进我的心灵
钻进我永恒的时间里,冷冷地飘落

2021 年 11 月 26 日　蓬雀居

# 岳母看见我时,流下了眼泪

那天,老北京城霞光满天

有一片红霞

甚至挂在了教室的窗外

刮了一夜的大风,呵,歇脚了

冬天就像春天一样温暖

人们脸上洋溢着笑容

学生和老师都和我打着招呼


那天上午,我听了两节课

又评了两节课,老师们欢笑而散

评完课我匆匆赶往机场

祖国的飞机,飞翔在祖国的上空

不慌不忙


那天的飞机非常准点

甚至还早到了五分钟

我匆匆走出天河机场

坐上了接机的车

朋友的车子,穿行在鄂东大地上

不慌不忙

仿佛还是我小时候见过的家乡

墙上都刷着标语,弘扬法治精神

扫黑除恶,除恶务尽

人民代表人民选,选好代表为人民

有一所小学,现在成了猪圈

有一个食品所,只剩下了围墙

山脚下,山腰里,都坐落着楼房

有一缕炊烟正从那里,冉冉升起


车子刚停下来,我就走进了屋里

我看见岳母半靠在床上

我看见岳母脸上起了黑色的腘子

我看见岳母头发越来越稀少

我看见岳母像一个苍老的树杪

岳母说,你这么忙,怎么能请到假

说完,岳母就流下了眼泪


我赶紧抓起一把餐巾纸

帮岳母轻轻地,擦着,擦着……

2021 年 12 月 8 日　蓬雀居

# 辑四

土地上的尘烟

# 谁还在冬日的深夜里散步

这是北京冬日一处乡村鱼馆

一群语文老师吃着,喝着

渐渐地就喝多了

有人开始讲故事

有人主动代喝酒

有人要到外面去散步


远处的山黑着脸

月是高的

灯光是冷的

心却在这时活泛起来


他们高声谈笑

他们抽烟了

他们冻得打哆嗦

他们在冬日的深夜里

踢踏着石子,散步


走着,走着

这群教书先生走错了方向
他们与回家的路背道而驰
于是埋怨,于是大笑
白白的乡村路,保持着沉默


一个诗人说
"谁此时没有房子,就不必建造
谁此时孤独,就永远孤独"
深夜,一群语文老师喝酒后
踢踏着石子,散步


当夜有人写了四首诗
当夜有人心成河

2012 年 11 月 29 日　蓬雀居

# 在京广高铁上

绿色的原野

被白色的泡沫、站台、楼群

切割

一个个巨大的车间

一条高速奔走的松毛虫

珠江、长江、黄河

洞庭湖、东湖、白洋淀

黄鹤楼、魏都、殷墟

呼啸声单调而又喧响


太阳侧照一方

左边窗户烫手

右边窗户冰凉

黑压压的人似在假睡

手脚却像眼睛一样警醒

时尚杂志盖在脸上


叶子,这是一个无聊的下午

如果时间的黑暗,骤然来临

这个世界

这个松毛虫

会不会突然改变模样

2013 年 5 月 12 日　蓬雀居

# 也是日子

这十五天,肯定说不上漫长

我如一块石板,被无聊的水

摸来摸去


也做饭

也洗衣

也看小说,刷微信

我把自己读成兰草

把兰草刷成楔形文字


我渴望一场暴风雨

真就有一场暴风雨

我想问天,风为谁吹

雨为谁泣


我在雨中奔走

我在风中呼吸

我指望树叶动起来,移动起来

我指望天空裂开,花开满地

我外出开会,抢着发言
我参加讨论,沉默无语
当灯火亮起,当星斗满天
我顺着街道开始寻找汽车的辙迹

你知道吗? 亲爱的
早就有一把双刃剑
藏在你我心中
当雨停了,当风停了
思念就以星辰和玫瑰的方式生长
成为两个真理

2014 年 8 月 4 日　北师大文学院

# 夜访西仓坡

从滨湖饭店到西仓坡
大约 15 分钟
从云南大学到西仓坡
大约 20 分钟

西仓坡之南是翠湖
有海鸥飞,可是夜晚没有
西仓坡之北是酒吧街
夜晚笙箫齐奏,灯火通明

从西仓坡南口进
上坡
过一个门洞
再过一段黑漆漆的路
就是先生的殉难碑
不打闪光灯
这碑就是一块黑漆漆的石头

妻说
又去看先生了

我发给她一组照片
西仓坡两边的砖墙上都是先生
诗,书,画,寄语
可是如此密集地布置
究竟是什么意思?

1946 年 7 月 15 日,夜
先生倒在家门口
2015 年 11 月 28 日,夜
一个浠水人夜访西仓坡

妻说
先生睡在那儿挺好的
那里一年四季如春
我看看旁边的云南师大幼儿园
对这块黑漆漆的石头说
先生,您想回家吗?

第二天早餐,有同事问
昨晚去了哪里
我说,从滨湖饭店到西仓坡
大约 15 分钟
从云南大学到西仓坡

大约 20 分钟

闻一多先生就倒在了那里


说完的那一刻,桌上特别安静

2015 年 12 月 4 日　蓬雀居

# 从北方空阔的院子里望出去

从北方空阔的院子里望出去

兰花久不发芽

女人走往医院的路

又长又弯

池塘——那曾经飘飘荡荡的池塘

被干硬的水挤满

机耕路从塘中呼啸而过


再看看北方，干涸的田野

有一片巨大的雾霾似的舌头

河水

早已熄灭了奔腾

栀子花向南方佝偻着腰

叶子

突然停在了诗歌之外

而时间，面无表情的时间

像一场紊乱的雪

席卷了年关岁末

再看看自身

身体还是自己的，健康还在

再看看生活

微笑还是自己的，希望还在

因此，必然有歌声响起

从夜半唱到夜半


这是一个严重缺水的时代

人们的眼睛冒火

而一个怀揣理想的人

喉咙嘶哑

他已经很久说不出话

2016 年 12 月 31 日　蓬雀居

# 蓝天下

何其空阔啊
有两样东西始终保持静默
拆不完的胡同,和
回不去的故乡路

何其久长啊
有两种声音越来越弱
梅花赶往春天的脚步,和
河流送来母亲的声音

我分明看见一个背影
走得仓皇
有时候是一个象形字
有时候是一座山的凋零

远方,正重新攒集一种压迫
自南向北
席卷而来

2017 年 1 月 21 日　蓬雀居

# 起风了

（一）

在风声里
我听见小区甬道上花朵坠地的声响
一个小姑娘说,春天也会落花啊
那一地的花瓣
是不是母亲的泪珠?

在风声里
我听见窗台上兰草吸水的声音
一个老者说,春风也会鬼哭狼嚎
那细细的闪烁的水泡
非常安静地进入了土层

起风了
谁能告诉我
春天的风
是吹向夏季
还是吹向远方?

（二）

面对母亲空洞的嘴
什么刀片可以被风吹得摇摆？
在梨花里——那是洁白的梨花
在杏花里——那是洁白的杏花

我听见一场雨水
悄悄浇灭了鸟雀的讨论
人们被春风匆匆赶往黄昏
带着腥味的风
也匆匆穿过十里长安街

然而
风起了，就不可能熄灭
就像一粒火苗
在风中，只会被越吹越大

2017 年 3 月 31 日　蓬雀居

# 七月七日夜北京的那一场大雨

生活中总有些东西
猝不及防

比如今夜这场大雨

雨中,我看见
有人奔赴雄安
有人奔赴西安
有人在阳台上看风景
一会儿天空中又有雷声滚过

我静静地读着夏传才
这位坐过国民党监牢、日本法西斯监牢的
《诗经》研究专家

他是我今夜的另一场大雨

这个人一生都在热爱
二十三年的监禁,九十四岁的生命

都在热爱
他是一个在风雨中奔跑的人

我悄悄地合上书
并且按了按
外面风雨大作
我仿佛听到了
一种来自书本深处的气息

写诗或许并不荒谬
比如年轻时的夏传才
比如从《诗经》背后站起来的夏传才

今夜这场大雨
仔细想想，其实也有前因后果

2017 年 7 月 7 日　蓬雀居

# 十月,我侧身向前

没有一块悬崖没有树叶

没有一块悬崖只有树叶

我的十月

伸出树叶

伸出树叶一样的舌头

坚挺而飘荡


我骑一匹马

站在悬崖边上

这是一匹来自大唐的杜甫的马

云在上,冰在下

霜雪在路上

生死在明天


这是十月的风

这是一条生命的缝隙

这是一个窄而有光的星天

悬崖鲜花怒放

树叶连缀成链

雪花扮成儿童

我抖抖缰绳

侧身向前

2018 年 10 月 25 日　蓬雀居

# 记某种熟悉的陌生

你坐着或站着,都是一首诗

一首唐诗,一首宋词

或田园,或边塞

一湾长河,一段秋光

徐徐款款,不时莞尔

风涛在你心上,晨阳在你眉间


你是人间一梦

繁华在你身上,落寞在你身上

你一身都是诗

如泣如诉,低回高走

似交响单弦

山水在你身上

千年的风、万年的月在你身上

你是花开星火,水醉南山


你是我熟悉的陌生

你是黄金树,你是三月风

你寂寞时恰似含苞

你绽放时不嫌喧闹

你是我不识的草，连绵陌路

你是我熟识的花，香照书台


你站在那儿就是一首诗

一首我不写的诗

一首不写而写的诗

一首写而不写的诗

夏季的冰川不够写你

秋月的夜空写不过你

一首诗，永永远远在那儿写着


你呀，你是我熟悉的某种陌生

日夜晤对，又一言不发


2020 年 9 月 9 日　蓬雀居

# 看秋日的晨阳穿过树叶

早晨在小区里散步
听中岛美嘉
看晨阳在天空随意挥洒
心想,人生之痛之美不过如此

路上有的地方有积水
那仿佛是前日的伤痛
有的地方阳光富足
却空旷无人
好像连秋风也不曾路过

晨阳照到一个老人额上
老人有永不能闭合的嘴
轮椅无声,树叶静默
一种苦难潜伏在河底
一种苦难上升为阳光

中岛美嘉在我的海洋里"炸裂"
用我的矿石镂刻

先是粗粝，后是璀璨

最后金声玉振，由近而远


能欣赏一种声音，真好

就像早晨能碰到一个老人

一段秋光

秋日的晨阳秘而不宣

回首看，阳光已布满手掌

2020 年 9 月 13 日　蓬雀居

# 关于贴膏药的一点浮想

记不清是什么时候了
应该是一个深秋
北京的大地落满了告白

我突然左肩痛得不能左顾右盼
妻子翻箱倒柜
翻出一张膏药
立刻,一种冰凉的燃烧从肩头
直接渗透到骨头

我说,你也不看看
那是古法秘传,还是现代医学
妻子用手细细地抚平四个角
还用力赶了赶
说,膏药只有赶平了
才会熨帖,管他什么法

我看不见膏药
就像我看不见自己的某些病灶

大地的病灶也被告白的膏药贴满
北京的深秋多么耐人寻味


贴一张膏药何其简单
然后你就感觉不到疼痛
尽管你依然不能左顾右盼
但是你能安然入睡

2020 年 10 月 23 日　蓬雀居

# 雨中黄叶树

叶子是多么懂得雨的深情啊
当冬天的第一场雨,细细密密
用一天一夜的针脚
走遍京城每一寸土地
叶子就纷纷摇坠而下
——那简直是楚辞的韵律

时间无声无息
这些美如黄金的银杏
一层层堆叠在土地上
无声无息的水,低伏于叶下
只有脚用力踩上去
一种从岁月深处沁出的叹息
才会被冬天的风听见

连日的阴霾终于散去
尽管头顶还有一些乌云翻滚
但远方的天空,已勾勒出一线蓝

消息不胫而走

祖国的北疆,迅速用一场大雪

甚至暴雪,盖住一切

黑色的苦难不见了

光明呈现出吉祥的意味

风是清冽的

阳光温馨而珍贵


祖国的南方也得到了消息

时光被迅速调整

太阳迟迟不肯落山

月亮又悄悄爬上天庭

光明于昼夜之间摇曳

那些绿色的叶子啊

在枝头矜持而庄重


夜深了

窗外的雨脚似乎还在赶路

叶子自言自语

像是屈子在江畔行吟

一层雨,又一层雨

苍茫的大地被秋风锁住

被银杏覆盖的京城或许有一个温凉的梦


2020 年 11 月 19 日　蓬雀居

# 一个女人坐在窗口，听雪

## ——写于 2021 年的第一场雪

那天，几好的太阳哦

手冻得不敢伸出，可天像春天的蓝


你坐在窗口，斜挂着身子

屋里正开着会呢，外面大雪纷飞

听说大兴那边，又有一个小区全员核酸

一个声音，在空气中快速走动

世界突然有几分魔幻


你的手指头在动，仿佛在弹钢琴

你是想起了《海上钢琴师》吗？

那个一生都没有踏上陆地的人

他不相信陆地的真实，说看不到尽头

可海上真实吗？ 就像此刻

阳光耀眼的天空里，雪花飞舞


你的红围巾在空中宁静

黑色的瀑布在半空突然盘起

好亮的颜色！

人们散开坐着,好像陌路不识

许多人低头刷着手机,你始终没有转过身

你在想什么呢?

偶尔一片雪花打在窗玻璃上,顷刻间就化了

一切仿佛都不曾来过啊

你的手指头做弯曲包抄状,这让我想起了《入殓师》

他的那一根根手指,多么洁白而修长


突然,我的眼眶里涌满泪水

在这场阳光雪里,我是多么脆弱

就像一片雪花,从那么高的地方飞下来

穿过千山万水,落地无声无息

当你转过身

你满眼泪水

天！你竟然是一个盲人

那么,你是在用耳朵听雪吗?

我的朋友

2021 年 1 月 22 日改定　蓬雀居

# 老男孩

2021年2月8日,我搬新家过年,于九楼推窗而望,就能望见农田……


这是一条远古而来的路,幽深,曲折
热闹处,有繁华着锦
所以从来不乏人走,有人赴汤蹈火


进进出出
一次次从屈原的脚步里
也一次次从孔子的目光里


唯有你,老男孩
那楚人的恣肆,老黄牛的骨质
渐渐写成一个字
一抬头,一低头
都成为一棵庄稼
这是原种脾气啊


今天,你择田而居
你要在豆荚里开花

要在麦田里摇你的穗

要在稻谷里结你的籽

要面朝黄土背朝天

要学会春种秋收

2021 年 2 月 11 日（庚子年除夕）　蓬雀居

# 春天，一个带娃的人

春天，一个带娃的人
她是实在的
她懂得什么应该去做，什么坚决不能做
她满含期待，又不拔苗助长

春天，一个带娃的人
她是平等的
孩子七十公分，她蹲下去也七十公分
孩子跑得摇摇晃晃，她也跑得摇摇晃晃

春天，一个带娃的人
她是博大的
她懂得怎样呵护孩子，就是把孩子放在花丛中
她知道怎样教育孩子，就是双手一起迎接雨水的倾吐

春天，一个带娃的人
她是慈悲的
她告诉孩子，有些小草是有妈妈的
有些光秃秃的树梢，将有生命诞生

春天,一个带娃的人
她是母性的
即使放风筝的是一个老爸爸
我们也可以亲切地称呼他——男妈妈

2021 年 2 月 21 日　蓬雀居

# 米粒传

一粒饱满并焕发出谷子一样光泽的稻谷

才有可能被选为种子

它还必须具有谷子的些微的锋芒

这才算是一粒好种子

（这也是它的题中之义啊）


在我的家乡

我从没见过背阴的水田里能长出稻谷

无论你栽下去什么样的种子

在那里，我只能见到蚂蟥、杂草和阴凉的陷阱


一粒稻谷当然知道，必须真实

就像人要说真话一样，才能长成稻谷

否则，就会长成稗子

即便你混在稻谷里，岁月锋利的镰刀

也决不饶过你


稻谷它还知道

必须经历风吹雨打

否则,米粒的韧的芳香,从何而来

但它也知道,必须远离争斗

否则,很有可能,枝干粗壮

其果实还不能胞浆


稻子是无为的,它朴素、性情

它爱雨水,也爱阳光

爱土地,也爱岁月悠长

所以,它成熟时,自然会弯下脊梁

你见过饱满的果实气宇轩昂吗?


一粒米,纯粹如先生

一粒米,沉重如泰山

2021 年 5 月 23 日　蓬雀居

# 清晨,我拉开厨房的窗户

清晨,我拉开厨房的窗户
在窗前站了好一会儿

那是最外面的一层窗户的一个沟槽
平时基本不关,雨水落进来
沙砾落进来,残叶落进来
岁月的尘灰也落进来
那个沟槽颇有些黑暗

突然,这一天清晨
我看见一株草茎,准确地说
就是一株草茎,因为不足一厘米啊
我甚至都看不见它的头颅

多么瘦小啊,黄黄的颜色中
稍微有一点绿色,我拉开窗户时
它甚至都吓了一跳

我实在是忍不住好奇,就低下头去看它

果然,在那些细细碎碎的沙土上
纵横着几乎看不见的根须

它就这样站立了起来
对内眺望着人间烟火
对外眺望着星辰云朵
我知道,此时此刻
我的眼眶有些湿润了

2021 年 8 月 31 日　蓬雀居

# 在雪地中,我看见一只红色的蝴蝶

庄兄,那个梦还好吗?
那只蝴蝶,那只深情的
梦进梦出的蝴蝶
今日飞进雪地中,飞进辛丑年老京城一场大梦中

黄色的叶片纷纷落下
白色的雪片纷纷落下
时光的大门被打开,黑色的墓地也被打开

我看见雪地中,走着两兄弟
穿着古代上学的衣裳
其实是一男一女
男的叫梁山伯,女的叫祝英台

那如水的琴声响起来了,蝴蝶飞起来了
在漫长的时光梦道中
依依行进的都是一些深情的人
他们像一群蝴蝶,也像一个哲学寓言
翩翩起舞

啊,张火丁,今夜的张火丁

她复盘了这个梦

用她两只蓝色的衣袖

用她满脸的泪水

当她连唱三个"大不该"时

当她连叫三声"梁兄"时

一场大雪,倾盆而下


物和人必然有分

不然怎么会有"大不该"呢

物和人又必然没法分开

不然为什么要连叫三声"梁兄"呢


在雪地中,我看见一只红色的蝴蝶

应该是红色的吧,远远看去像一朵梅花

两千多年来,不改其色

因为那是用血凝注而成的

2021 年 11 月 8 日　蓬雀居

# 辑五

生活是一个寓言

# 九月

（一）

九月不是收获季
九月要去播种
九月书包要新的
九月要踢着石子上学校

九月要哭得抽搐
九月没有课外书

（二）

九月的风，有些高冷
九月的星，有些雾障
九月的灯火，藏得深
九月的作业越长越高

九月的眼睛，瞳孔突然放大
九月没有休息日

（三）

九月的办公室换了新的
九月的课本还是旧的
九月的红笔,还是那么刺眼

九月,没有日子
只有晨昏

（四）

中国人都知道九月是什么
中国人都不敢怠慢九月
九月不是收获季
九月要去播种

2015 年 9 月 30 日　蓬雀居

150

# 冬夜即景

冬月的天空总是有些小而高
大地仍在沉睡
一些肥胖的思想
走到了危险的河边
远方,一个人影闪烁其词

我翻开陀思妥耶夫斯基
发现一个街道没有命名
一个赌徒刚洗完手腕
那些小而高的云啊,多么紧张
我悄悄地合上书,回到从前

华灯初上,汽车奔流
其实河流已经死亡
高高的枝杈,高高地引领
我若有所悟,轻轻地摁灭台灯
回到爱人身旁

2015 年 12 月 17 日　蓬雀居

# 元宵节

如果父母坚决反对
这一对恋人该如何约会

外面狮声贺喜
外面锣鼓喧天

居然有人敲门
居然有人爬上窗棂

这一对恋人脸贴着靠窗的墙壁
一动也不敢动

直到鼓声杳远
直到人声散尽
这一对恋人
才敢胆战心惊地拥抱

欧阳大人,辛大人①

---

① 欧阳大人,指欧阳修;辛大人,指辛弃疾。

这也是

月上柳梢头，人约黄昏后

这也是

众里寻他千百度，蓦然回首

那人却在，灯火阑珊处

2016 年 2 月 22 日　蓬雀居

# 每一年必有一声咳嗽自秋夜响起

每一年必有这样的夜晚
每一年必有这样的咳嗽
每一年必有一声咳嗽自秋夜响起

雨似乎擦亮了叶子的脸
那一滴晚秋的雨
缓慢地,滴下枝头
恰在此时
枝条传递了一丝颤抖

我关紧窗户,怕夜晚的风
穿胸而过
思考着,如何去往冬天

星星一定是隐藏在高处
月亮也隐藏在高处
那从不曾梦见的梦
也必是隐藏在高处
我不能看见这些

我只看见,有人偶尔走过窗户

那雨水中的脚步声

一定低过雨声

也低过我站立的窗户


每一年这一声自秋夜响起的咳嗽

将我唤回人间

我咳得坐立起来

跟生活进行撕扯


那一滴滴,晚秋的雨

清晰地,穿过咳嗽

先于叶子落下

而叶子被擦得特别亮

2017 年 10 月 10 日　蓬雀居

# 一个诗人的尴尬

我现在面对学生

常常突然失语

拿起的笔也停在空中

而内心深处

有千年的闷鼓在擂响

有万千的日夜在痛哭失声


蓝天依旧叫蓝天

秋风依然是秋风的模样

大地却听不见率性的虫鸣

所有的树叶

包括那些簌簌发响的纸张

都只朝着一个方向

2018 年 8 月 28 日　蓬雀居

# 低烧有感

尽管咬紧牙关

但干燥的没有雪花气味的太阳风

还是从两层窗户的缝隙

从拔牙后空洞的风道

直接灌进腹部深处


零下九度趁机抱住我

生活的溃疡也紧紧抱住我

芬必得、人工牛黄甲硝唑、阿莫西林也假模假样地抱住我

我一直在打哆嗦

一种低处的燃烧把我拖向深夜


风不知什么时候停止了

我侧着身,读着那些不能止疼的文字

听窗外有人踉跄而行

(窗外为何总是有人踉跄而行?)

把一部新手机当作救命稻草

2018 年 12 月 9 日　蓬雀居

# 一条试图游上岸的鱼

我远远地看见一条鱼
从濠梁那儿游过来

我不知道他的快乐来自哪里
周遭的春天已烂得一塌糊涂

在水里就一定快乐吗？
与同伴共游就一定快乐吗？
从容出游会不会危机四伏？

水花溅起来总有熄灭的时候
柔弱的水波经不起照射的强光

岸上的人，即便是哲学家，即便是诗人
又怎样
我从没见两片树叶，看懂眼神
就像名和实，从未相符

岸上的商标可都写着人家的名字

市声嘈杂,尘俗满天
有多少人在深夜歌哭
又有多少人流落街头

而远处有什么你清楚吗?
春雷滚滚,春雨潇潇

那条鱼已昂起头,他已经游了很长时间吧
眼睛里一汪秋水
谁能告诉我,那不是唾沫,而是浪花

我轻轻地走过去,想捧起他
想擦干他身上的水渍
我含着泪,要送他回故乡

2019 年 6 月 15 日　蓬雀居

# 从珠海回到北京

南国的风,姓花,北国的风,姓叶
我问自己,你姓什么

那些黑色或紫色的土地
从北方铺到南方
又从南方长出无声的夜、有声的云
啊,从海边铺向陆地的长桥啊

总有一种东西,被人叫上天
仿佛被吸干的岁月
浅薄的风吹几下
一些苦难就被高明的人编印成册

这是几个不能写诗的日子
墙头秋草迷离
然而,我总要做一些事
幻想约会,或满足于肌肤之亲
有时为一顿晚餐打起音乐的节拍
看秋叶慢慢黄于枝头

有时也踱去博物馆
考证一头庙堂之牛的年代

啊,秋水愈见空阔了
下雪也还有些日子
如此时光用来虚度正好
时间蹉跎,生活倥偬
一个人心如止水
正是我美丽的宿命

从珠海回到北京
一只脚在岸上浪漫
一只脚留在水里跋涉
多么正义啊,诗人……

2019 年 10 月 15 日　写于会议中

# 这是一个斜阳穿过窗棂的下午

世界上有一种36摄氏度①的冷

像五月骤热的一楼

就好比你投一块石头进水塘

你在岸边静静地等

风不会吹起半点涟漪

你要转身走开

又似乎听到对岸某种水泡的破裂


这个下午,春天用对比手法

叫一缕斜阳穿过窗棂照到我的桌上

一部诗集正好写到标题

一段高调的生活正徐徐后撤

那些曾经用寒冷喂养过我的文字

突然变得有些陌生

倔强、高贵、义无反顾,默默地昂着头

与十二月党人的妻子相像

也像我身边的某一位女诗人

---

① 当日,北京局部地区的温度达到36摄氏度。

有些命运是注定的

在西伯利亚

在海南和深圳,都一样

就像我今天下午等待这一缕斜阳

就像我此刻在浩大的北京城


必须坦率地承认

我对伟大女性的认知来自贫寒的生活

来自十二月党人

我曾经写过一篇《生命中有些东西必须坚守》

那是以西伯利亚的雪作为开头的

这仿佛是早已安排好的情节

就像花香才能形成花香

就像河沙只能溃成河沙


一楼的生活总是最敏感的

即便是关上窗户

我也知道,那一缕斜阳已经翻过了那一堵高墙


2020 年 5 月 1 日　蓬雀居

# 记一次射频消融手术

2020 年 4 月 22 日，我在北京安贞医院做了一次心脏射频消融手术……

这是晚上七点整的病房

距离早上的七点已经过去了十二个小时

上午九点太阳爬上窗台，下午三点又从窗台走失

这一刻终于到来，我竟有几分欣喜

去往手术室的道路变得有些轻盈

我和妻子说笑，脸上溢满微笑

护士说她已经连续工作了十个小时

我偷偷地向她竖起了大拇指

啊，漫长的人生

必然会等来一场手术

我们每一个人都会迎来肉体被割开的那一刻

麻醉是必然的，这样我就不会疼痛

医生就可以在我的左腿和右腿上

排兵布阵

一种像针尖一样锋利的痛感

经由大腿根部扫过心尖

一下,两下……

一种穿石一样的水滴,逆流而上

不一会儿,胸腔里就布满了杀伐和哭喊


吴医生说,老何,一动也不能动

那一刻,我想起一个故事

钟毓、钟会去见魏文帝

一个战战惶惶,汗出如浆

一个战战栗栗,汗不敢出

我试着摸了摸自己

发现有明亮的溪水划过夏季冰冷的石头


三个半小时的手术的确不算什么

谁在人生中不被割开一次

黑夜里,一种清醒的疼痛开始觉醒

我慢慢看着窗外,此时太阳一定在云层之后

五点多它就会穿过蓝色的天幕抵达窗台

嗯,我发誓

我要与光明成为兄弟

2020 年 5 月 4 日  蓬雀居

# 一只醉虾的最后十分钟

哎呀,好温暖啊!
一只虾忍不住高兴,连吐了几个泡泡
又忍不住高兴,在温水里,打了一个滚

原先的水多么凉啊
两岸也只有无尽的青山和树木
那些水,虽然干净,也仅仅只能叫作水
不像现在的水,有温度!

虾在温水里手舞足蹈起来
它必须手舞足蹈起来
因为水温渐渐升高了
多么温暖啊!它又忍不住说

人生的巅峰时刻怎能没有酒
哈!来了,是要啤酒,还是要黄酒
或者干脆就上白酒,要最浓烈的那种
五柳先生怎么说的,谪仙兄又怎么说的
来来来!吹一口气,让水喷出七彩的火焰

虾终于迎来了生命的最后一分钟

除了被施舍的热

它什么也感觉不到

仅仅是十分钟，虾就通体通红

像一片被太阳点燃的树叶

两千多年前

庄先生怎么说的

在濮水垂钓，这位流浪汉挥杆头也不回

他不光是看到了楚国神龛上的那只神龟

他也看到了今天的这只醉虾

2021 年 1 月 31 日　蓬雀居

# 那三只带着伤痛的眼睛

2020 年 4 月，因做心脏射频消融手术，在大腿根部，留下三个结痂。

在我大腿根部的两边
始终睁着三只眼睛
右边的似乎有些热情，像是某种生活
左边的一只何其高冷，总是闭目沉思

庚子年三月，北京的海棠花不管不顾
辛丑年正月，迎春花已在路上
一年不过是眨眼工夫
那三只眼睛似乎一直在醒着

谁的生命深处不曾被刀割开过
从右边看过去，它是我的刚日读经
从左边看过去，它是我的阴翳之美
合起来看，它们就是我的三生万物

这些无辜的皮肤啊
曾经是多么光滑，年轻，滋润

没想到有一天被割开
因此,就结痂,结黑色的痂
仿佛这就是绝地的复仇

可是岁月笑了,你看那些绚烂的花朵
多少陈年往事,在春风里纷纷落下
又有多少岁月从胯下悄悄流过
生命有改变么?
不就是结一个痂,再结一个痂么

在雾蒙蒙的水汽中
那三只眼睛
像一盘棋

2021 年 2 月 17 日　蓬雀居

# 春天的寓言

春天到来时,书架上的几个小物件,展开了一场讨论……

（一）

我说主人最像那只昂首的鸟

你看那头,昂得有多高

主人说

硬硬的脖子才是他的真实

（二）

我说主人最像那头往前拱的牛

你看那额头上的青筋

主人说

俗世的肉身才是他的真实

（三）

我说主人最像那三只憨憨的小猪

你看那无所用心的笑容

主人说

岁月深处定有他用骨头刻下的痕

（四）

我说主人最像那无忧无虑的孩儿枕

你看那表面的光滑和温润

主人说

一腔肝胆才是他生命的图腾

（五）

然而，谁知道呢

如果春天的雨水足够大

足以洗刷一切

山河会洗出明媚，污泥会流入大海

2021 年 3 月 14 日　蓬雀居

# 这一场大风能带走什么

一场大风就是一场大风
它常常半夜里起，天明时去
就像我小时候熟悉的鬼的行迹
我猜想，它与我们这个世界
就是一夜的关联

它从楼房与楼房之间穿过
仿佛要传递某种现代气息
可家家户户关窗闭户啊
世界一片祥和
只有那些明亮的双层窗被拍得噼啪响

那些残留的黑色的垃圾
死死地抱住大树的根部
它们说，坚决不离开故乡
哈，飞扬起来的，都是一些尘埃

北京的大风啊，我不知道怎样给你命名
热情还是凌厉？

粗暴还是性情?

你左右摇摆,呼啦啦地响

就是不明确表态,任我们猜来猜去


我一直在静静地听,静静地等待

就像等待黎明的到来

一场大风能带走什么?

或许什么都带不走,除了雾霭

2021 年 5 月 26 日　蓬雀居

# 我想在天空写一首诗

我想在天空写一首诗

写一首天空的诗

没人管,连鸟儿也管不了


不考虑遣词造句

不考虑发表出版

也不考虑任何人的眼神和嘴角

因为没有人够得着


白云来了,就写白云

写自由,也写孤独

暴雨来了,就写暴雨

写深情凝注,也写致命打击

这就是这首诗的逗号、句号、感叹号


风说来就来,说走就走

我是一个任性的孩子,也是一个蹒跚的老人

这应该是开头和结尾吧

嗨! 风雨过后,总会是蓝蓝的天

白昼之外

我就是星辰,就是大海

在我的课堂上

不眷恋过往,不许愿来生

我活在天空,活在时间之中

左手是光明,右手是深渊

我是有,是无

我既高高在上,也纤尘不染

我做梦都想写一首天空的诗

以敬献于一枝年轻的玫瑰跟前

2021 年 7 月 12 日　蓬雀居

# 论摘桃子

摘桃子不是一个寓言
是一个现实

那天,桃园中一千人,讨论
谁可以摘桃子

意见一:种桃树并打理桃树的人,可以
意见二:守护桃园的人,可以闻桃子的芬芳
意见三:曾想拔起桃树并驱赶种树者的人,不可以

但事实上不是这样
我又觉得这像一个寓言
从古到今,历久弥新

2021 年 8 月 9 日　蓬雀居

# 你是谁

——致一个无名雕像

在北京秋日的阳光下

在一所著名中学的校园里

在一片青青的竹林前面

矗立着一个无名雕像


清峻的眉头，像一轮山脉

眼窝深陷，像一口潭，微微沉醉

清瘦的面颊，清晰的轮廓

头颅坚定地昂起，发髻高耸

啊，好俊朗的容光！


两条清癯的手臂，像两根骨架一样抬起

五指分明的手掌，如秋天的枝条一样往下倒扣

面前那是一架琴吗？

可分明又是一根凌空飞起的秋木


清冽的流水声，就这样从天而来

如马蹄奏响，又似骨节折断

我仿佛看见清贫的岁月

穿过历史的沉埋

在我眼前的竹林里摇晃


你是谁？是嵇康？正在弹奏《广陵散》？

还是我敬爱的夫子，俞伯牙或者高渐离？

不敢认，怕认出来落泪

你看，那根木头是不是一支狼毫

又特别像一支粉笔

那片竹林是不是一面黑板？

老北京的秋天啊！

我分明在一个无名雕像里认出了自己


正要转身离开，却突然发现

你的身上缠着几条绳索，灿烂如五彩

天啊，那是你自己扮作的装饰

还是被人实施了捆绑

或者是某一个时代的印记？


2021 年 10 月 14 日　蓬雀居

# 自杀的刀刃和人道的溪流

我看见时间在磨一把刀
光明在淬炼
黑暗也在淬炼
那把刀拿在加缪手上
荒谬和幸福成为两刃

我看见夫子在岸边徘徊
溪流发出了感叹
河岸也发出了感叹
只有浪花无心无肺
河岸怎么可能不知痛痒

人生就像来自空中的一滴水
谁也无法预知它的方向
经过岁月的刀锋
被劈成两半
一半像花朵一样开
一半像叶片一样飞

加缪说,哲学就是一把刀
夫子说,逝者如斯夫
谁能战胜漫漫长夜,我且咏而归


今夜生活中的这盏灯
一会儿看像刀片
一会儿看像溪流
如之何,如之何?

2021 年 12 月 1 日　蓬雀居

# 辑六

语文课

# 公元 768 年,杜甫在岳阳城

## ——读杜甫《登岳阳楼》有感

那一年,岳阳城大雪纷飞

一只小船悄悄泊在城下

岸边,一丛红梅盛放

五十七岁的老诗人,踽踽走下船


诗人要去登楼

要去雪中登楼一听洞庭八百里烟波

"昔闻洞庭水,今上岳阳楼"

诗人准备了一腔泪水

那也是万里长江水

是浩渺的洞庭波

是三十年的一碗药水啊


为这次登楼

诗人准备了大唐三十年的病痛

有肺痨、痛风、疟疾、糖尿病

有偏枯的右臂

有全聋的左耳

有起腻子的痔疮

有一把叶芝所说的"老骨头"


为这次登楼

诗人准备了大唐多方的苦难

有公元 755 年的安史之乱,大批流民流入四川

有公元 756 年,房琯兵败陈陶,四万义军同日死

有公元 768 年,吐蕃十万大军兵压灵武、邠州

诗人啊,不能再准备了

"戎马关山北,凭轩涕泗流"


哭吧,尽情地哭吧

登楼一哭才像一个诗人

一千二百年来,有谁在岳阳楼上大声哭过?

不仅哭自己,还哭回不去的家

哭这片贫瘠的、经常被洞穿的土地


公元 768 年冬天

我看见月亮走进你的头颅

那里风霜高洁

我看见岳阳城

雪压三百余里荆湘的荒凉

我还看见一个老诗人

扬起左臂
准备挂起江帆

2018 年 10 月 5 日　蓬雀居

# 虎耳草

## ——致敬《边城》的沈二哥

虎耳草比白塔要高一些
但比梦想低
虎耳草同黄狗的叫声一样高

虎耳草长养得像一场爱情
虎耳草表面像一首诗
骨子里却跟乡下人一样硬扎

那些杜鹃的吟诵
那些溪水的欢腾
那些头顶上野性的阳光
全都是虎耳草的肥料

虎耳草试图用歌声托住自己
这千百年来最朴素的女子啊
世间变幻无穷的风雨
你怎能托得住
你看，淇水飘零的桑叶

"自挂东南枝"的蒲苇
风刀霜剑里的潇湘竹
还有茶峒的"小兽物"
都——陈列于这一片悬崖

虎耳草,你这沈二哥的丘比特
你这乡下人的固执的爱
为何在悬崖上你还做梦
为何在悬崖上你还等待歌唱

在一场风雨之后
在每个人必经的一场风雨之后
虎耳草用阳光作谱
用悬崖作词
把自己做成小庙的供奉

2018 年 10 月 28 日　蓬雀居

# 狱中的杜甫

公元756年6月,安禄山攻陷长安,杜甫奔肃宗、往灵武,不料被叛军俘获。同年8月,杜甫被禁押在长安,在狱中写下《月夜》。


这是八月长安的一个牢房

牢房上面有一扇小窗

举手能摸到下面的边缘

牢房里光线充足,月光荡漾


杜甫用衣襟扇着风

想着一些高兴的事

比如小儿女问妈妈

爸爸是在首都长安工作吗?

比如妻子对着诗人说

想我们在长安柴米油盐

日子有多舒心


诗人啊,你为何就哭了?

"朝扣富儿门,暮随肥马尘"

"残杯与冷炙,到处潜悲辛"

哦,这才是真实的十年的长安

杜甫今夜注定是个浪漫的人

他又想着高兴的事

比如他端详着妻子的云鬟

看雾气一点点濡湿发髻

任发香一点点沁入心旌

比如他放下窗帷

轻轻抚摸着妻子的手臂

脸贴在上面，听月光轻歌曼舞

那重逢的泪水啊，竟然比月亮还要亮


诗人啊，为何你又哭了？

"野旷天清无战声，四万义军同日死"

"群胡归来血洗箭，仍唱胡歌饮都市"

尴尬的是，这竟然还是那一个月亮

竟然还是那一座城池


这就尴尬了

然而这绝不是一个诗人的尴尬

这是一座城池、一座监狱的尴尬

2018 年 11 月 3 日　蓬雀居

# 永和九年的那一场修禊

## ——读王羲之《兰亭集序》有感

今天,是小雪节

京城阳光弥漫

我的雪花却不知在何处啸傲


那一天,兰亭也是阳光弥漫

那是东晋难得的好天气

我凝视着你

你举着杯

被人们簇拥着,叫你右军

那二十一个"之"字随着曲水流觞

走出会稽


啊,逸少(我喜欢你这个字)

历史太深,我看不清你的表情

关于生死,请你再说一说


你凝视着我

看阳光如六朝的墨滴下笔尖

说,月下的昙花

总叫我心动

2018 年 11 月 22 日　蓬雀居

# 回羌村

唐至德二载（公元 757 年），杜甫因上书援救房琯触怒肃宗，被勒令回到鄜州羌村……

从凤翔到鄜州羌村八百余里
你是怎样走回来的?
那可是兵荒马乱的岁月

身陷叛军之手长达九个月，你没有死
援救好大喜功的房琯触怒肃宗，你没有死

你一脸沮丧地回到家中
尊夫人是惊还是喜?
孩子绕膝不离那是担心你又走掉
"妻孥怪我在，惊定还拭泪"
"娇儿不离膝，畏我复却去"

夜深了，兵马的脚步似乎在他乡
萧萧的北风捶打着灯盏
你端详着妻子的脸
微微的醉意中热泪横流
诗人啊，这一刻才是你真正回家

我难以想象,第二天早上你该如何面对
是的,是的,依然很热烈,依然是嘘寒问暖
"父老四五人,问我久远行"
"手中各有携,倾榼浊复清"
可是,可是,你是父老乡亲的父母官啊
你是如何回答的呢?

说你的少年志向?"会当凌绝顶,一览众山小"
说你的政治抱负?"致君尧舜上,再使风俗淳"
我看见父老乡亲们哭了
你也哭了
是啊,安史之乱中,除了哭,人们还能做什么?

庆幸吧,你还能被圣上勒令回家
你还能端着妻儿的脸痛哭一晚
你还能跟父老乡亲诉诉衷肠
可就在外面,就在不远处
"兵革既未息,儿童尽东征"

老杜,你必须前脚跨进大门
后脚也随时准备跨出去

2018 年 11 月 30 日　蓬雀居

# 篱边消息

——读陶渊明《饮酒（其五）》有感

那一碗酒
是端在庐边，道边
还是篱边？

锄头该回家时就回家了
锄柄上一色山气苍茫
月亮的光辉跳跃在上面
清幽的鸟声跳跃在上面
锄头仿佛有些累了
靠在墙边
他多像一位诗人在伫立沉思

车马是在京城吧
不过还能听见
杀伐之声也在京城吧
好像也能听见
这里却只有衣风简朴的农人

啊,南山,南山

那是东篱前的南山

也是酒盅里的南山

南山渐渐隐身在暮色里

山坡上的豆苗还好吗?

无名字的蓬勃的草木还好吗?

那些露水,闪闪发亮

于月下,于浩渺的月下

连缀成文


夜终于静得像深水清流

我凝视着这杯酒

想问,那闪亮的露水里

是不是也闪耀着东晋的白骨

你说,"偶有名酒,无夕不饮"

又说,"顾影独尽,忽焉复醉"

那么,元亮兄

你每次是不是真的喝醉了?

2018 年 12 月 30 日　蓬雀居

# 身前瘴气，身后家山

——读韩愈《左迁至蓝关示侄孙湘》有感

退之兄，那一小块指骨
放在哪儿，真的有那么重要吗？

你看这漫天的雪花，这低垂的云朵
还有天地，苍茫一片
你确定以命相搏的那一谏
真的一定必要吗？

那一小块指骨
放在朝廷，是拜
放在山野，是拜
那是苦难的土地里
长出来的一根刺啊
也开花，也结果
还长成家山的模样

你再看看秦岭
这划分我国南北气候的分水岭

这为你送行的生死岭

这狭长的风雪弥漫的蓝关古道

这刘邦兵指咸阳的生死关口


你能看见前面那一条溪水吗?

叫恶溪,还叫鳄溪,鳄鱼泛滥

现在这条恶水有一个好听的名字

叫韩江


不是刚刚被贬吗?

"未报恩波知死所,莫令炎瘴送生涯"

多么痛的领悟啊! 怎么又出手了?

小女道中死,妻儿若何

身前瘴气,身后家山

可今天哪里是你的家国?


你是有准备的

"佛如有灵,能作祸祟,凡有殃咎,宜加臣身"

可是——

请拨开眼睫毛上的霜雪

让我看看你到底有没有流泪?


公元 819 年,韩愈第二次被贬

这一次是"路八千"的潮州

我看到,秦岭上空黄云低垂

白雪滂沱而下

2019 年 1 月 12 日　蓬雀居

# 枝头的春天和鲁镇的鞭炮

## ——听某老师讲《祝福》有感

今天走在校园里

突然被枝头的春天吓一跳

起初还以为是鲁镇的鞭炮

后来发现是一只蛰虫在蠕动


河边的淘箩不是被时代收回了吗？

落下的半边对联也被重新挂上

老爷走进了词典

祥林嫂说笑着摆上祭品

鲁镇的鞭炮很喜庆啊

红火的样子

像春风走遍千家万户


还有人说"可恶！然而……"吗？

还有人说"索性撞一个死"吗？

还有人说"你放着罢，祥林嫂！"吗？

还有人说"这总是你自己愿意了"吗？

没有了，绝对没有了

我们走进了一个新时代
祥林嫂打短工时变胖了
撞破额头后在贺家墺
又慢慢变白胖了

祥林嫂后来去哪儿了
我们都不知道

大地在缓慢地起伏
温暖的雨水从天而降,如笙歌,似芦管
枝头的春天次第炸开
鞭炮屑落满人间
师生们认真研读着鲁迅
一致认为
鲁镇是虚构的

2019 年 3 月 7 日　蓬雀居

# 一场春雨没法回答这个问题

## ——听毕于阳老师讲《孔乙己》有感

孔乙己死了吗？

毕老师突然这么问

一屋子人屏住呼吸，谁也不敢回答


一百年来，孔乙己不单单活在书里

还活在鲁镇那个曲尺形的大柜台外面

活在我们的教室里，作为考试题

如今他坐下来悠然喝酒了

临走时四轮驱动，一骑绝尘


今夜我读完这篇两千多字的小说

哭成了一场春雨

就像窗外莫名的噼噼啪啪的声音

孔乙己死了吗？

孔乙己是什么人？

那件长衫如今穿在谁的身上？

一场突如其来的春雨没法回答这个问题

后来,我们去参观毕老师的办公室

那是多大的一间办公室啊

三面墙都是书刊

一面墙开着明亮的窗户,绿植迎风摇曳

我敢说,没有哪个校长的办公室比这大

于是兴高采烈地说笑

于是嘻嘻哈哈地拍照


今夜我依然会想起那天课堂的镜头

想起那一间阔大的办公室

就像玛蒂尔德想起那一场舞会

不几天,寒潮来临,寒风又起

那一场春雨已经远去,无声无息

2019 年 3 月 21 日写,23 日改　蓬雀居

# 大鹏鸟

——读庄子《逍遥游》有感

先生,你确定这只大鹏是鱼卵
就是那小小的鱼子?

振翅而飞,那可是遮断乌云的翅膀
展翅弥天,那可是万古的尘埃

那是海水的气息吗?
那是时间的野马吗?
那是一只从无处生、往无处去的大鹏鸟

那翅膀上诞生的是美
那美喙发出的是歌
那垂天的腿脚踩踏的
是横空出世的诗的灵魂

一杯水泼于堂坳
一片草叶就能像船那样行走
不! 不! 我们不玩这游戏

一杯水泼于堂坳

一只瓷杯注定了就胶注不动

不！不！我们也不玩这游戏


我们就是飞

往上飞,那里有蓝天

往南飞,那里有鲜花

我们就是飞


为什么一定要往南飞呢?

哦,我明白了,我要用力挽着你的手

我已经看懂了你的眼神

那里有我们楚国的曲折的河流呀


蝉,懂什么? 我三岁时就能分辨它的声音

那热情也就是夏季

烈烈的风,一阵阵地吹过

小斑鸠,又懂什么? 我七岁时就知晓它的高度

那不过是一棵荆棘的高度

一缕暧昧的月光就能照彻它们


不！不！我们不玩这游戏

我们只是飞,往高处飞,往南方飞

我们去找李白,去找苏轼
我们去找两千年前走失的知音

2019 年 7 月 5 日　蓬雀居

# 蜀道难

摘一片树叶,你骑着就飞走了
呵呵,你总是那么潇洒

你是连天的海浪,冲天时是星光一朵
你是盖地的翅膀,翅膀上云彩自由开放
你是悬崖上裸露千年的根,独一无二的根
你是人类头顶上悬挂的万古的月亮

你是一个谪仙人

可是今天,在朝廷,在朱雀大街
在明德门,在承天门,在玄武门
你看到了什么
是什么让你惊呼
"蜀道之难,难于上青天"
这千年的浩叹,多么像一个谜团

冲波逆折黄鹤不得飞,可人还得飞
悬崖绝壁猿猱愁攀援,可人必须攀
没有比朱雀大街更难走的人生路

没有比蜀道更难爬的人心梯

想象一下吧
千年的古国的封闭的生活
子规啼月的古木缠绕的空山
虽孤寂而自然
可这是人的世界啊
剑阁磨牙吮血
关口杀人如麻
你除了拊膺长叹,还是拊膺长叹

那飞天的轻盈呢
那转身的洒脱呢
侧身西望,川地一片苍茫
谪仙人,莫非那也是朱雀大街的苍茫?

祥云环绕,暮云四合
承天门就要永久关闭了
朱雀大街依然繁华平坦
长安城的歌舞升平,远隔千年
我们依然能清晰听见

2019 年 8 月 5 日　蓬雀居

# 长安城的日头又悬在哪里

公元757年,杜甫在安史之乱中,先被俘,后逃脱,目睹长安城的荒凉破败,挥笔写下《春望》。


你侧身让了一下

让过了几个难民,让过了几个叛军

就像影视剧中我们看到的那样

你站在路边,惊慌失措

抬头望望,长安城的日头悬在哪里


公元757年的长安城,草木长过了城墙

那没心没肺的春草啊

弥天的惨烈的战火烧它不死

野蛮的叛军的铁蹄践它不死

在几十万百姓的泪水的浸泡后

居然长满了整个城池


啊,远处的黄河,本来是一道屏障

而今成了泪水的走廊

远处的潼关,本来是一道铁闩

而今成了唐朝的一个血栓

太原失守,洛阳失守,接着长安失守

老杜,你还能往哪里走?
你往西北方走,执着地走
走向城外
走在高高的西北方
太子李亨在灵武放了一把龙椅

我看见长安城的花朵突然哭了
哭声中,唐朝失去了开元盛世的颜色
那些宫中惊飞的鸟儿
也哭,也惊,它们在硝烟中飞
没有方向,甚至没有翅膀

诗人摸摸口袋里无法寄出的信
呆立在路边
他摸摸头,又拢拢头发
可稀疏的头发,就像失势的大唐
再也无法成型

2020 年 3 月 17 日　蓬雀居

# 公元 1082 年,苏轼在黄州赤壁

公元 1082 年某日,苏轼泛舟赤壁,夜游长江,写下《赤壁赋》。


坐了一百零三天的牢

苏轼走出开封城,向黄州进发


他需要一个无人的夜晚

需要一江清风,一弯明月

需要一个红色的伸到江水中的小山头

需要一条小船

需要看到一个暗处的自己


从开封城走到黄州,多少公里

五百多公里,一千多里地哦

要走多少时候?

没人知道,但

道旁的两朵梅花知道①

"何人把酒慰深幽,开自无聊落更愁"

我还能说什么呢

---

① 苏轼在这段行程中写过两首《梅花》。


210

那就说说曹孟德吧

"今治水军八十万众,方与将军会猎于吴"

呵呵,好大一杆猎枪,从江北伸到了江南

几句诗又算得了什么!

唯一江清风明月照亮了公元 1082 年


或许每个人都需要一次涅槃吧

有的人觉悟濠梁,梦见一只蝴蝶

有的人觉悟赤壁,化成一只蜉蝣

子瞻兄,

你眼中闪光是为什么,是月出东山吗?

你嘴唇翕张又是为什么,是清风徐徐,如泣如诉吗?

那就微闭心灵之闸吧,洗盏更酌,水波不兴……


公元 1082 年,黄州赤壁矶

一主一客两朵苦梅花

互相唱

壶中悬日月,一唱大江横

2020 年 6 月 3 日　蓬雀居

# 别东鲁诸公

公元 745 年,李白放京出还,别山东,南游吴越,写下《梦游天姥吟留别》。


来!把现实中的一地鸡毛
拼凑成一场浩大的梦
让梦境哗啦啦地响
一寸一寸,一步一步,铺到京城

该出门时就昂首阔步
"仰天大笑出门去,我辈岂是蓬蒿人"
该嬉笑怒骂时就佯装酒醉
"云想衣裳花想容,春风拂槛露华浓"
该离开时就暗洒闲抛
"我欲因之梦吴越,一夜飞度镜湖月"
人生不过是几场欢宴,而已

让低眉永远成为朝廷供奉吧
我只欢喜鹿放林间
庄子说,那就是你的曳尾泥涂

来来来!

穿上彩虹的衣,骑上风的马

让老虎奏起音乐,让鸾鸟驱动木车

让云朵一字排开

来听听谢公的木屐,来听听剡溪的水滴

朝廷北在上,我心已南下


见过杜二了

"借问别来太瘦生,总为从前作诗苦"

你懂杜甫啊

也见过李北海了

"宣父犹能畏后生,丈夫未可轻年少"

懂你的人可真不多


别了吧,这一寸一寸的山河

等着你去唤醒

这一处一处的明月

等着你去擦亮

还有那林间的风,山间的泉……

2020 年 8 月 29 日　蓬雀居

# 你，站出来！

## ——纪念鲁迅先生

在笔直笔直的树的队伍中

有一棵树总东张西望

一个声音说，你，站出来！

经过了一段沉默

这棵树，终于横站，出列

啊！这其实是一棵普通的树

甚至个子还有些矮小

一阵风吹来，队伍中的树多么好看啊

齐刷刷地，向后方，向左侧，弯过去

只有这棵树，跳着一种别扭的舞蹈

雨又来了

队伍中的树都垂直身子

都齐刷刷地垂直身子，沐浴雨水

那些雨水啊，肆无忌惮

唯有这棵树低头不语，眼光看向根脉

那些从天空落下的雨水

顺着低洼处,向东,向西,向各个方向
激烈奔走

太阳终于发布了雨后的标题
蓝天上,白云飘荡
这棵树,这棵横站、出列的树
像一个感叹号,像一个硬扎的感叹号
戳在大地上

我不是一棵树
不是一棵横站、出列的树
我只是一个读者
我想大声朗诵这棵树所有的语言

2021 年 1 月 30 日　蓬雀居

# 瞧,这个别里科夫

—— 读契诃夫《装在套子里的人》有感

别里科夫滚下楼梯时

契诃夫的内心或许有一些颤抖

那是瓦连卡的笑声,抑或瓦连卡的哭声

可能还有小城街道上深厚的雪光

多少人撑着一把装腔作势的雨伞

多少人挂着一根进退有据的拐

多少人身上装满神秘的套子

多少人耳朵里塞满棉花

别里科夫是小城里一个优秀的教授

那么,那个校长是谁?

这是一个叶落的春天

许许多多的人,头被敲破

别里科夫像一只螃蟹,横走在大街上

无比正确,大声歌唱

人们发现,根本看不清他的脸

高高的太阳在天上明晃晃

古拉丁语复活了

是别里科夫让它复活的

你看,大街小巷信笺飞舞

跳着春阳、春风、春雨看不懂的舞蹈

春天的雨,像毛毛雨那样下

春天的水,像虫子那样曲里拐弯地流

别里科夫的眼睛,成为人们夜行的路灯


课堂上,学生们讨论说

别里科夫应该是死去了

老师说,我们要换一个角度看问题

别里科夫有没有未来


瞧!话音未落,别里科夫

就走过来了,向我伸出了手掌

2021 年 2 月 23 日　蓬雀居

# 那一刻我看见先生复活①

## ——听衡杨老师讲《最后一次讲演》有感

那是一个乌云密布的上午

没有雷声,没有雨点

整个校园笼罩在一片迷离之中


在离真正的讲台还有一尺距离的地方

三个初中生正模仿着闻一多演讲

她们义正词严,声嘶力竭

她们突然就讲不下去了

她们不仅仅是太激动

她们是被自己的声音吓住了


一个女生突然就哭了出来

老师点评时也几乎要哭出来

我在想,是什么力量

让我们这些老师和学生如此激动

难道七十五年前的如烟往事

---

① 1946 年 7 月 15 日晚,闻一多参加完李公朴的追悼会,回家途中被特务暗杀于西仓坡。

真能穿透时空的厚壁,站在课堂上

后来,我上讲台作点评
说着,说着,我突然就讲到了西仓坡
讲到了埋在云南师大的先生的衣冠冢
讲到先生已经很久很久没回浠水了

我就跟老师们说,我就是浠水人
我就是来自闻一多的家乡
突然,我就想哭
就想跟这些素不相识而又如此熟悉的老师说
各位老师,你们知道吗？我想带先生回家

2021 年 4 月 13 日　蓬雀居

# 辑七

书本上有一个天堂

# 阳明洞

2012年6月底,随单位去贵州修文考察学习,瞻仰了县城东部栖霞山上的阳明洞。据传,王阳明就是在这里提出了"知行合一"和"致良知"的哲学思想,史称"龙场悟道"。

被狼群追赶

衣服破碎成竹花

终于在洞口挺住

七天后

王阳明从水底爬上来

在洞口写下:

致良知

中国贵州中部

没有书声的阳明洞

空空荡荡

岩壁变绿发霉

狐狸欲穿墙而过

梦在朝廷,家在天涯

而远处修文中学的莘莘学子
正弓着腰,挖肉补疮


一阵雨
把几个行人赶到车上
"阳明洞"就摇晃了起来


我抬头望了一下门楣
听见时代扔出一块石头
在黔中溅出一种潮湿的光

2012 年 7 月 5 日　蓬雀居

# 诗人印象

陈松叶

每天下午三点左右

在三元西桥附近

准有一个老头在撕小广告

——愤怒地

有一次,差点挨打

贴小广告的说,我拿刀捅了你

老头说,你要是不捅,你就是龟孙子

贴小广告的,只好悻悻地走了

这个老头叫陈松叶,是个诗人

二十世纪八十年代,曾风云一时

树才

树才眼睛不大

刚好射出一道诗的闪电

镜片不薄

刚好看透一首诗的内涵

个子不高

刚好够上一首诗的高度

说话字斟句酌

刚好表明学院派的身份

发言时,常让人想起

孔子木车的声音

叮叮当当

回响在词语的神经上


莫非


莫非像一个农民

但总带着一个相机

似乎他只对微小的事物感兴趣

比如一朵花的筋脉

拍呀拍

莫非发言,总在词语和事物之间

找桥梁

他说,词语必须寻找事物定焦

又说,事物必须寻找词语成像

好像他不是一个诗人

而是一个摄影家


2013 年 7 月 31 日　用手机写于从北京作协赴

河北青山关采风返程途中

# 致陀思妥耶夫斯基

多少年前
我怀揣父亲坟头的
一抔泥渣
转身投入您的怀抱
从此再未回头

我盲目地模仿您
深夜时醉酒
为贫寒的少女写露水的诗
甚至想练成您的癫痫
15 岁, 25 岁, 35 岁, 45 岁
终于练成
看见馒头就心慌, 就出冷汗
就倒地不醒

我穿过白夜的漫长接近您
我带着高略德金的双重人格接近您
我举着拉斯柯尔尼科夫的刀片接近您
我在西伯利亚的寒风中接近您

我在圣彼得堡街边的长凳上接近您
我甚至连您作品中人物的肺结核也羡慕
终于,我也如愿

是的,当我不识字的父亲去世后
我知道我已经没有来路
当我接近您一次次感到困倦时
我知道我也没有归程
那么,父亲——我精神的父亲
我还剩下什么?

请赐我明亮的力量吧
我曾梦想写一部话剧
一部关于苦难关于爱关于救赎的话剧
等我离开后,让亲人
轻轻地放在我的坟头

2017 年 5 月 4 日　蓬雀居

# 站在文丞相祠①门口随想

果然是宽仅八尺,深不足三丈
文丞相在这里住了三年又三个月

那一棵屈身向南的枣树应该记得
三年里,它活成了文丞相的至亲
八百年里,它活成了一部默默的历史

在这里,文丞相拒绝了十几拨人劝降
年龄最小的才九岁,是赵宋皇帝赵㬎
地位最高的有忽必烈,六十七岁的元大帝

在这里,文丞相接见过一个又一个亲朋
他与胞弟在这里谈了整整一夜
文璧告别时,他叮嘱胞弟要办好五件后事
那一夜是短,还是长啊,我的文丞相

在这里,文丞相度过了三个除夕

---

① 文丞相祠,指文天祥祠,坐落于北京市东城区府学胡同 63 号,文天祥押解北上后即囚禁于此。

经历了三场大病

最厉害的一次，是在公元1282年

病从正月初一开始，到二月初四才结束

整整三十四天，臀部痈疽，流血不止

文丞相担心一病不起


在这里，文丞相把土牢坐成了一个传奇

公元1281年的夏天，元大都下了一场暴雨

在雨中，他无法入睡

在水中，他生生地站了一夜

十几只土老鼠从土洞里爬出，淹死在他面前


三年又三个月，约一千一百八十五天

文丞相在这里作《集杜诗》二百首

编辑《指南录》四卷、《指南后录》三卷、《纪年录》一卷

另有惊天地泣鬼神的《正气歌》和绝命诗各一首

其他诗歌若干

文丞相要用一气抵七气

那一气正是来自天地间的浩然正气


今天，我们一家三口洗完澡

来看孑然一身的文天祥

来看这八百年前的土牢

来看八百年前的元朝的脚镣手铐

我们深感文天祥还活着

活在这宽仅八尺、深不足三丈的土牢里

也活在这广袤的大地上

你听,那每一个方正的汉字正在开口说话

2018 年 2 月 2 日(写于一家人瞻仰文丞相祠之后) 蓬雀居

# 写于霍金走的那一天

（一）

我们认识这个人吗？
不
我们无法进入他的心灵
他生活在云端
今天，他的离开
让时间暂时止步

（二）

我们努力爬上山顶
却发现
时代留给我们一座废弃的楼房
没有门
只有霍金的风
正呼呼地穿过空洞的门墙

2018 年 3 月 14 日　蓬雀居

# 在北大听传媒课有感

今天,自媒体太阳

发布了一些天气消息

阳光没有形成通栏标题


别误会,没有风雨

没有风雨降临于课堂

课堂里,人们吃着豆腐块

享受着冬阳的瓜子消息


窗外机器轰鸣

有一座残楼面无表情

有一个学生迟到冲进课堂

捡垃圾的阿姨刷着手机

有镜头对准这些吗?

北大校园没有什么新闻


课堂里咀嚼着过去巨大的灾难

分析灾难里的新闻元素

然后让笑声成为娱乐 VIP

十一月,这个北京最美的时间
这个北大校园最美的时间
当手机上的圈圈转个不停
在这个北方顶级的传播课堂里
不知何时能打开那个网页

2018 年 11 月 2 日　蓬雀居

# 江心屿①寻访文天祥回想

那一江黄水你是如何渡过的？
八百年前的江心屿想必是荒凉的
你又是如何生存的？
你在此竟住了一月有余
又是为了什么？

你面容冷峻，一言不发
我仿佛能听见你的心跳
江风习习，江面开阔
你隔江日夜面对温州城，高楼林立
岛上的草木仿佛一帘幽梦

岁月喧闹，你会不会有一点寂寞？

"罗浮山下雪来未，扬子江心月照谁"
啊，履善兄，"雪来未"
这也是我爱写的句子
你又想到了什么？

---

① 江心屿，浙江温州江中小岛。

你身后是不断失去的土地

面前是浩渺的永远澎湃的大海

南归的路如何走?

你一个小小的生命又如何撑得起?


昨天,我给学生讲你的故事

一个小女生突然说

我觉得,文天祥是凭着一种执念在活着

他魔怔了

丞相啊,是这样的吗?


历史深处,谁能回答?

我匆忙走出教室

很快就淹没在市声之中


2018 年 11 月 27 日记,28 日晨起补写　蓬雀居

# 一条想回到水中的鱼

你是如何来到岸上的？
顺着那条水辙能清晰地望见你的少年

在十八岁以前
你是义无反顾的吧

经过千般努力
你似乎能直立行走
在大千世界，你学会了摇头和点头
你似乎还能唱出自己的歌

听，那应该是你打的节拍
一二三，生万物
"沧浪之水清兮，可以濯我缨"
"沧浪之水浊兮，可以濯我足"
歌声清澈如水
像天上的流云

哦，那高高在上的叶子

是你画到天上去的吧

水渐渐减少,你没有意识到
你还在奔跑
太阳照拂到你的头顶
也榨干了你的脚下

终于,你碰到了监河侯
话说东海的水是如此激荡
话说一桶水是如此的清凉
干鱼肆有多远?
是不是在楚国的宗庙?

先生,我看见你愤怒地摇摇头走了
那条水辙在你身后渐渐干涸
可是
一条上了岸的鱼无法表达愤怒
就像一片叶子无法选择故乡

2019 年 6 月 22 日　蓬雀居

# 哭庙案

清顺治十八年(公元 1661 年)二月初四,苏州一百多位士人齐聚文庙前,痛诉新任县令任维初公然徇私枉法,中饱私囊。不久,圣旨下,十八位士人秋后问斩,其中便有金圣叹……


二月的苏州,寒风中带着银针

一群读书人站在夫子庙前痛哭

一百多人仍然显得孤单

自古而来的哭庙传统也显得虚弱


他们哭县令之黑

他们哭巡抚之狠

他们望着孔子哭

他们拉着二月的寒风哭

哭声穿透了清朝三百年


苏州的春寒的银针啊

轻松地就穿过了每一个士人


泪水顿成暴雪

但县令还是县令,巡抚还是巡抚

圣旨下达

哭庙案首犯一十八人

七月十三日问斩


我看见金先生愣了愣

没想到吧

那告文可是你起草的？

是又怎样？罪不至死啊！

不是又怎样？这绝对就是冤杀！

金先生说,拿酒来

金先生说,割头,痛事也

饮酒,快事也,割头先饮酒,痛快痛快!


从苏州到南京,两百多公里

从文庙到刑场,一百多天

却是金先生最明亮的一段旅程!

请听听,所有的河水都在鸣不平

所有的血迹都在暗吞声

请看看,告文的每一个汉字都站立了起来


如今,苏州五峰山下的墓碑

有多少人去看过

我仿佛又听见苏州街上儿歌响起——

天啊天,圣叹杀头真是冤……

2019 年 7 月 10 日　蓬雀居

# 观济慈①传记片《明亮的星》有感,兼怀友人

这是两百多年前的一场咳嗽

起于伦敦,终于罗马

在邻居姑娘的目光里

这场咳嗽,是春意的水

也是冬天覆盖深厚的雪

是二十五年幻灭的人间


仿佛是刚发芽,贫穷的风

就迫不及待地窜出了家门

公园里椅子上的书业已翻开

夏季的枝条径直伸到了墙外

秋天的雨在小路上有节制地蜿蜒

冬季的雪一层层直铺到窗前

咳嗽声,在十九世纪青春的诗集里

不经意响起


朋友啊,这才是爱情

---

① 济慈,十九世纪初英国浪漫主义诗歌的杰出代表,因家族性肺结核病死于二十五岁。

浪漫,纯粹,伤感,唯美

只为爱生,只为爱死

生命本就是一句诺言,贫穷的风也是

二十五岁业已带来的就留着吧

孤独的姑娘,执着地在林间走,一直走

质朴如山间踟蹰奔突的水

流进血液

或干净如天上静肃的星

落进眼睛


诗人说,抚摸是有记忆的

是的,一定的

就让这记忆绽放于思念的枝头

时间越长,果实就越大

爱情的法则是

没有人能吃到这十九世纪的果实

没有人能逃离这十九世纪的果香

2020 年 3 月 14 日　蓬雀居

# 两张照片与百年风雨

### ——访合肥李鸿章纪念馆有感

这张照片颇有些发黄

岁月的风雨隐含在细细的纹路里

那似乎是老大臣的泪

纵然有一百多年了

也不曾落下


1896 年,李鸿章饱含热泪

拍了一张照片

照片背后,炮声隆隆,海风啸啸


老大臣应该是想到了首次入都

他写下

"一万年来谁著史,三千里外欲封侯"

他应该是昂首阔步

走在京城的大街上


三十八岁时,他撅着嘴,训练淮军

眼中的光似秋风快刀

仿佛一切都能砍下

是的,他是一个行动者
他砍下了中国近代第一家银行
第一家招商局,第一家翻译局
第一支海军舰队,第一座军工厂
砍下了中国近代第一条铁路
尽管最开始是用马当作车头

看着马拉着火车
走在铁轨上,老大臣的心
比大海更像大海,比天空更像天空
老大臣啊……

晚年的李合肥,李中堂大人
选择住在贤良寺
每天晚饭后散步
从东厢房走到西厢房
又从西厢房走到东厢房
寸居走成了天地

那又怎样,历史的雷声滚滚响过
白纸黑字写成的条文

从历史的深处吹过来,吹到今天

仿佛是心有不甘的白天

仿佛是一灯如豆的夜晚

2020 年 8 月 14 日　合肥

# 读契诃夫

这个戴眼镜的文弱医生

居然讲了很多笑话

他发现俄国人民并没有应然发出笑声


许许多多的人,万卡,万尼亚舅舅

都满脸忧戚,泪水像雪花一样

飞遍草原,飞遍病室,飞遍樱桃园

人们的窗棂上都挂着苦恼的冰花


契诃夫仿佛在问

我讲的那些笑话

到底是哪些人在发笑


没有人能回答,俄国大地幽默而沉默

人们的脸上似乎都刻着两个字

——奴性

于是,契诃夫给一个朋友写信说

我一生的努力,就是要把自己身上的奴性

一点一点地挤出去

于是他去拜访柴可夫斯基,拜访托尔斯泰
甚至拜访高尔基
他要告诉这些伟大的灵魂,人都应该是美丽的
然而,奥楚蔑洛夫,然而,别里科夫
甚至,格罗莫夫! 天啊,为什么会这样

契诃夫写啊,写啊
他在字里行间写满了忧郁的问号
一直写到四十四岁,一个巨大的肺结核
挡在了他的生命面前……

人,都应该是美丽的啊
契诃夫一生一直都坚持这么说

2020 年 12 月 27 日　蓬雀居

# 读史铁生并遥望地坛

从我家柳芳到地坛,不过三四站地
却注定要一辈子遥望
遥望你用文字丈量的苦痛的深渊
遥望你用文字垒起的思想的峰顶

2010 年 12 月 31 日
天很蓝,也极冷,就像今天
我坐在 596 路里,读着你去世的消息
眼睛模糊地扫过冷冰的街道
没有人知道这世界从此缺少了什么
那天,我在和平街一中做教研
一开口我就说,史铁生今天早上走了
泪水潸然而下

2017 年春节,在老家
我坐在一棵大樟树下
翻开唯一带回家的书——《我与地坛》
远方的春意裏挟着冬天的冷气,一丝丝吹向我
你说,你说

"这样一个母亲,注定是活得最苦的母亲"
那一刻,我的泪水再一次潸然而下

我多次去过地坛、书市、庙会
其实我都是去寻找你啊,铁生兄
我到过你曾到过的每一棵树下
我碰过你曾碰过的每一只瓢虫
你抚摸过的每一缕阳光我都一一抚摸
你用眼神交谈过的老人、年轻人、小孩子
我都一一地驻足攀谈
铁生啊,地坛是你灵魂的轮椅的广场
也是我思想无限的蓝天和自由的云朵

从前,地坛不过是一个历史名词
是你,给它打造了一对翅膀
从此,它就像一首诗,在大地上飞翔

2021 年 1 月 10 日　蓬雀居

# 瞧！那个被硬币追逐的人

## ——致陀思妥耶夫斯基


每次做梦，我都梦见狗

每次醒来

我都是被一只看不清面目的狗

逼到悬崖

我相信，你一定是被每一枚硬币追逐


在彼得堡大街上

在西伯利亚的雪地上

在德国的那些赌场门口

那枚硬币闪着寒光


老陀，把那枚硬币泡在酒杯里，泡软了它

让那个被侮辱的姑娘死死攥紧它

那可能是美丽的全部重量

让它挡在斧头举起的头顶

救赎的路上或许有金属的脆响

让公爵用脚用力，踩住它

踩住它，就能止住身体的颤抖

两重人格的分界线,硬币或许就是一道屏障

老陀,请回答
为什么我的世界里总是充满狗
为什么我的梦总是与一只狗关联
你能看清那枚硬币吗?
正面是什么? 是不是爱
反面是什么? 是不是苦难

被一枚硬币追逐的人,是不是无辜
被一只狗逼到悬崖的人,是不是可怜
你看,那枚硬币又抖擞出声音
提醒我,要认真听讲

2021 年 3 月 7 日　蓬雀居

# 春光淡淡

## ——纪念海子

似暖还寒,在这遭损毁的世界

天使举着死亡的火把

降临


3 月 24 日是一天

3 月 26 日是一天

中间短短的时光,是一个诗人的一生

用一块枕木相连


时代的列车呼啸南下

从查湾村擦肩而过

在迷蒙的雨雾中,沉睡的大地缓慢醒来

2021 年 3 月 26 日　写于 G107 次高铁上

# 明亮的死亡与黑色的春天

## ——致敬苏格拉底

这不是一次自然死亡

这是一次谋杀

这也不是一个自然的春天

这是一个黑色的春天


多么难以置信啊,然而它真实地发生了

公元前 399 年,三位雅典公民起诉苏格拉底

控诉他传播异端,教唆青年

500 名雅典公民组成陪审团

第一次表决,280 人认为苏格拉底有罪

第二次表决,360 人认为哲学家罪该万死

就这样,苏格拉底端起了那碗毒药


画家大卫复原了这一幕

我仿佛看见

哲学家左手高高举起,正用力宣讲他的助产术

右手伸向了药碗,就好像伸向一个平常的茶杯

而端药碗的人却转身哭了

哲学家是多么健壮啊,这个永远打着赤脚的人
肿着眼泡,蓄着胡须
腰板挺得像军人,胸肌发达得又像一名运动员
那件穿上身就不再脱下的战袍
此刻舒舒服服地褪至胯下
他的妻子,赞西佩,这个雅典最有名的悍妇
此时在法庭外,哭得风狂雨骤

哲学家是知道自己的使命的
他说,你们处死我
就再也找不到像我这样的人
雅典城这匹良种马
就再也没有牛虻来蜇一蜇了

公元前 399 年的雅典城
本来是明亮的,此刻却被一种黑暗笼罩
死亡的事情其实每天都在发生
但死在耻辱柱上,不是每一天都会发生
人们啊,要警惕啊

2021 年 5 月 25 日　蓬雀居

# 你是一本什么书

有的人或许就是一个封面吧
看着好看,可千万不要翻开
也有的人,没有封面,或看不清封面
里面的文字歪歪斜斜,已经沤烂

有的人,可能就是那种发黄的纸
有着春天潮湿的气息
也有秋天经霜以后的时间光斑

有的人,像一枝花,或一段清溪
每一页都哗啦啦地响
说不上有多灿烂
也说不上有多深沉

有的人,看看目录平淡无奇
看看价格,也毫不起眼
甚至翻开来读,也未必有趣
但读着,读着,泪水潸然

枕边书是什么样的呢

应该是那种退却了云起云收的风姿的吧

是儿女情长,有淡淡的味在其中

是耳鬓厮磨,时光恰好与之同频


应该还有一种人,脊峰挺起

甚至纸边还有些锋利

每一行字,都大睁着眼睛

看着你,看着我,看着天


我是一本什么书呢

谁知道啊,我正在写

此时此刻,我正坐在高铁上,赶往苏州

2021 年 6 月 22 日　写于 G115 次高铁上

# 夏日某下午读萧红记鲁迅

在一个四卷本作品集里
我搜罗着萧红记述鲁迅先生的文字
一行行,一字字,都抠出来
逐一解读

窗外有些闷,屋子里也有些闷
爱人开着空调,也还是闷
感觉 1935 年冬天,1936 年春天
旧上海那种阴雨绵绵的气氛
全都传进了屋子

鲁迅先生,在萧红笔下
出门总夹着一个旧包袱
进门从包袱里掏出书、刊物、信和文稿
在萧红笔下,周先生坐在藤椅里
转身品评女人穿的衣服
哂摸着一小碟一小碟葵花子
在萧红笔下,周先生总在灯火阑珊时
铺开纸和笔,写写停停,停停写写

在黎明照进弄堂时,又默然睡下

在萧红笔下,周先生在二楼交谈的笑声

能传到三楼,传到一楼

甚至能传到九号隔壁的茶庄

在萧红笔下,海婴大声对楼上说

爸爸,明朝会,明朝会

可楼上的周先生只能弯腰咳嗽,答不上儿子的问候


一整个冬春,周先生一直在咳嗽

可上海雨水多啊,谁能听得见

周先生的高热,终于让那一支烟,歇息了

可那个蜷缩在二楼藤椅里的巨子

也分明卷成了一支烟,烟头明明灭灭


在四月,在上海的烟雨中

我看见周先生又走出去了

仍然夹着那个印花的旧包袱

回来后,就再也没有离开二楼那个藤椅


在上海,在东京,在重庆

我看见萧红在承欢,在飘零,在追泣

在今日,我只是一个读书人

2021 年 8 月 8 日　蓬崔居

# 必须要在天空飞过

—— 献给涅克拉索夫诞辰两百周年

我用三十年练筋骨

用三十年练翅膀

年近六十,我长成一只鸟

我拔起坟前的一棵青草说

妈妈,我回不去鸡笼了


我的母亲曾经多么担心


她日夜想把我训练成

一只眼前觅食的鸡仔

或者根据我的属相

把我训练成一只温良的兔子

多年来,我一直按母亲的愿望生活

或老老实实地在土地里觅食

或亲亲抱抱繁茂的窝边草


就像涅克拉索夫,趴在地板上写诗

在餐馆里吃别人剩下的饭菜

可涅克拉索夫有一支笔啊

他用一支笔戳进苦难的土地

那里有正在哭泣的黑色的宝藏

他用一支笔戳破天空

让梦想飞出一对必须翻飞的翅膀


是的,一个人必须要在天空飞过

尽管有电闪雷鸣,雨雪风霜

尽管阴暗处有举起的猎枪


那又怎么样

翅膀就是为猎枪准备的

筋骨就是生活的一面碑石

2021 年 12 月 10 日　蓬雀居

# 我怕我对不住所受的磨难
## （代后记）

算起来，我写诗的时间也不短了，但每当有朋友称呼我为"诗人"时，却仍然心里忐忑。2011 年，我出版了第一本诗集《在有用与无用之间》，把 2011 年之前十年写的诗汇集起来，数量不过一百首多一点。这一次把 2012 年之后十年写的诗合在一起，出一个集子，取名为《以骨头为师》，算是对自己写诗的一个交代。这一个集子，也是一百多首。二十年，就写了两百多首诗，的确是太少，的确令人汗颜，而且还谈不上质量。

有一次著名诗人周瑟瑟问我，你每天都写诗吗？很自觉地写诗吗？每一年能写多少首诗？我不知怎样回答，只能说，我绝大部分时间都在做教研工作，偶尔被某些事情触动，就会动笔，写一首或两首。周先生每一天都写，甚至有时候一天写好几首且质量都堪称上乘。我自叹弗如。

有一次著名诗人西川问我，你外语程度怎样？能直接阅读外国诗人的作品吗？能作一些翻译吗？我说，我外语几乎是零，根本不可能阅读外国作品。西川听完沉默了。我知道西川是大翻译家，他与北塔合译的《米沃什词典》在国内和国际上都很有影响。我不仅不能自觉写诗，而且对国外的诗歌状况一概不知。一个不能自觉写诗,又不懂外语、缺少外域诗歌视野的人,怎能做一个诗人?

有一次和著名诗人王家新老师一起吃饭,聊到一个诗人手不释卷、勤奋阅读、勤奋写作、勤奋思考。我说,王老师,您就是一个优秀代表。王家新老师不仅每年写诗、出诗集,而且每年出版翻译作品,并且有时候还不是出一本,而是好几本,出一个系列。2023年2月,王家新老师在广西师范大学出版社出版了最新诗歌随笔集《诗人与他的时代》,皇皇巨著。这又是一个高标!

我在北京教育学院读骨干班时,著名诗人、诗歌评论家霍俊明先生是我的班主任。抓住这个机会,我请他为我的第一本诗集写序言,霍老师慨然应允,并招待我吃了一餐。序言很快就写好了,洋洋洒洒近万字。序言中既有对我工作的肯定,更有对我作为一名语文老师写诗历程的描述,言辞真切,几乎每一个字都能入心。霍俊明老师不仅写诗,更写诗歌评论,一年不知道要写多少,各大报刊上经常能见到霍老师的大作,都是洋洋洒洒的雄文大章。

高标太多了! 吴思敬老师八十多岁,一直活跃在诗歌创作的前沿,且每一次发言都有新意;女诗人安琪写诗、写读书记,每年都出版新作,每年都参与若干诗歌活动;诗人、诗歌翻译家晴朗李寒,不仅写诗、译诗,更以卖诗为生,羡慕他坐拥一座诗歌之城;诗人刘川写诗,编辑诗歌杂志,一手便条写得诗思沉化、哲思翻飞;我的好朋友诗人剑男,出手就是好诗,仿佛信手拈来,又都是上乘之品……我每天就是这样阅读诗歌世界的。在这样一个背景下,我如何还有勇气写诗?

我怕我对不住所受的磨难! 我要写,我要通过写诗,记录生活,记录时代,记录我心灵的历程。我要在未来的一个出口,回眸告诉自己,我曾经就是这样走过来的,看看我是否对得起这身臭皮囊!

作为一个语文老师,我天天都在阅读,读古代作品,读今人作品,读外国作品。要想保证阅读质量,就不能泛泛地读,就要写,要以写促读,这样读过的那些文字才能进入灵魂。于是我拿起笔,为古诗写新诗,为外国诗写中国诗,写着写着,我对作品的理解似乎就深入了。有一天,我又翻开了韩愈的《左迁至蓝关示侄孙湘》,这一次读进去了,于是我写了《身前瘴气,身后家山》。当写到"你是有准备的/'佛如有灵,能作祸祟,凡有殃咎,宜加臣身'/可是——/请拨开眼睫毛上的霜雪/让我看看你到底有没有流泪?"这一节时,我不知道韩愈会不会哭,反正我流眼泪了。我甚至想号啕大哭,为古代这些优秀的文人、伟大的灵魂和有政治使命感的人,一哭!

任何一个人都应该有故乡,即便有的人从来没有离开过故乡,那也应该有故乡,因为每个人都必须有一个精神原乡。一个没有精神原乡的人,或许不存在吧。不然,精神与灵魂何以寄托?为此,虽然离开故乡二十一年,但我每一年都会写故乡的诗,即便我的身体已经很长时间没有回去了。故乡到底是什么呢?我也在想,也在思索。其实,每一次回去都是一次受伤,亲人的离去,乡人鸡毛蒜皮的家长里短,乡村风景的凋零和荒芜,再加上乡人从外面打工回来所带来的冲击和动荡,都让故乡有点不适应,故乡有时候也不认识自己了。但乡情还在,乡村的伦理还在,更重要的是,回到故乡后,心灵的安适还在,这就是思念故乡最重要的意义。有一年的清明节,因为工作关系,没有回去,我感觉整个人都不自在,于是提笔写道:"我总觉得清明节/

我会变成两个我/一个匆匆赶回老家/一个在风中飘荡",又写道:"天气预报说今夜有雨/今夜就算没雨/那生命中最痛的雨/也会溅满我空洞的阳台"。有人说过,文学就是一个人的精神避难所。我想,这或许就是心灵的故乡之意吧。

从来就没有一个社会是十全十美的,这是客观事实。人们的一切努力,总是期待社会朝着更合理、更人性、更文明的健康方向发展。但不能据此就认为一个社会不能被批评、被讨论,恰恰相反,一个健康的社会就是要多多听取不同的声音,要允许批评、允许质疑、允许"刮骨疗毒"。诗人或许天生就具有这种使命感。诗人是时代的歌手和鼓手,也是时代的啄木鸟;是社会的美术师,也是社会的检察官;是生活中立于高处的那座灯塔。一个没有诗人的社会是很难想象的,一个诗人不独立思考、不独立发声,也是很难想象的。我甚至认为,一个人只要具备敏锐的头脑、善良的心灵、清澈的眼眸和独立的精神,即便他不写诗,也可以是一个诗人,比如孔子、司马迁,比如苏格拉底、伽利略。为此,一个诗人必须拿起笔,必须眼睛盯住假、丑、恶,必须心灵装上真、善、美,必须敢于发声。2021 年 5 月,著名农学家袁隆平去世,引起人们巨大的悲伤,人们纷纷悼念他、纪念他。我也拿起笔,为他写了一首《米粒传——纪念袁隆平先生》。这首诗还获得了一个奖项。我写道:"一粒稻谷当然知道,必须真实/就像人要说真话一样,才能长成稻谷/否则,就会长成稗子/即便你混在稻谷里,岁月锋利的镰刀/也决不饶过你……"我有感而发,想借一粒稻谷类比人生,想在一粒稻谷里看见一个科学家的风骨。我认为这是我们这个社会所需要的精神品质。

一个诗人的笔墨当然不应该仅限于阅读、故乡和社会风景,他的视野和心灵一定要能装下整个宇宙,小到一只昆虫的痛苦和悲伤,大到社会和民族的进步,都应该进入诗人的语言系统。为此,我还写下了对大自然的观察和思考,写下了生活的寓言,写下了友情与亲情,写下了人间为什么值得。我所看到的,我所听到的,我所感受到的,都慢慢地长进我的骨头里,它们都成为我的老师。从这个意义上来说,《以骨头为师》是一本感恩之作,是一本回眸之作,是一本心灵历程之作。

要特别感谢李建军先生为我写序言。李先生在文学上、在风骨上都堪称我的老师,我视他为老师、为朋友、为文学的引路人。我读过他的很多文章、很多书,也请他为我们的语文活动进行指导。每一次李先生的到来,都能为我们打开一扇新的窗口,都能为我的心灵带来春雨一般的洗礼。感谢李先生!

感谢我的亲人,感谢我许许多多志同道合的师长和朋友,特别是一些青年语文教师,我每一次写下一点文字,总喜欢发给他们看,他们总是鼓励多于批评,这让我写诗的决心更加坚定。感谢师友们!

感谢诗歌,感谢诗歌给我带来勇气和清醒,能让我从容面对一切,无论是美好的朝霞,还是夜晚的风雨……

何　郁

2023 年 10 月 14 日　蓬雀居

图书在版编目（CIP）数据

以骨头为师 / 何郁著. — 上海：上海教育出版社，
2024.4
ISBN 978-7-5720-2535-8

Ⅰ.①以… Ⅱ.①何… Ⅲ.①诗集 – 中国 – 当代 Ⅳ.
①I227

中国国家版本馆CIP数据核字(2024)第064434号

责任编辑　袁梦清　陈杉杉
封面设计　金一哲

**以骨头为师**
**何　郁　著**

出版发行　上海教育出版社有限公司
官　　网　www.seph.com.cn
地　　址　上海市闵行区号景路159弄C座
邮　　编　201101
印　　刷　上海叶大印务发展有限公司
开　　本　889×1194　1/32　印张 9
字　　数　177 千字
版　　次　2024年4月第1版
印　　次　2024年4月第1次印刷
书　　号　ISBN 978-7-5720-2535-8/Z·0003
定　　价　78.00 元

如发现质量问题，读者可向本社调换　电话:021-64373213